献给

我的父亲与母亲

To

my father and mother

素手烹茶

叶小纲 著

Hand-cooking Tea

人民音乐出版社·北京

SUSHOU PENGCHA

图书在版编目（CIP）数据

素手烹茶 / 叶小纲著. -- 北京：人民音乐出版社，2021.3（2021.4重印）

ISBN 978-7-103-06051-3

Ⅰ．①素… Ⅱ．①叶… Ⅲ．①随笔－作品集－中国－当代 Ⅳ．① I267

中国版本图书馆 CIP 数据核字（2021）第 017662 号

策划出版：赵易山
选题策划：裴　珊
责任编辑：裴　珊
责任校对：王　珍
书籍设计：陈晓燕
技术编辑：赵　林
营销编辑：陈明陆
音乐编辑：王　帅

人民音乐出版社出版发行
（北京市东城区朝阳门内大街甲 55 号　邮政编码：100010）
Http://www.rymusic.com.cn
E-mail:rmyy@rymusic.com.cn
新华书店北京发行所经销
北京新华印刷有限公司印刷
889×1194 毫米　　32 开　　1 插页　　7.75 印张
2021 年 3 月北京第 1 版　　2021 年 4 月北京第 2 次印刷
印数：3，001—10，000 册　　定价：68.00 元

代序

青年时代做过著书梦，一恍四十余年，身日未闲，年轮渐枯，方印得小书一册。文学门扉，似乎比音乐更难撬开。思想是坦荡之隐私，告知天下无妨，文字寒伧，本不应拿来现世。音乐创作肇始，绝尘半世，狂歌惊銎，恐世人嗤迷，倏茫然四顾，鹄立躬亲，素手烹出清茶一盏。

写此短文适逢北方严寒，袅袅兮白雪，怅茫茫兮枯叶下。黉夜思流泉，寒日攀冰山，船飘乎崖顶，文行于胸中。王安石说过：入之愈深，其进愈难，而其见愈奇。期冀音乐惊心动魄，通往奇崛之途，文章澹悠缤纷，驰往遥不可测。感怀人民音乐出版社的鼓励，印行这版随笔，卷帙玲琅中探出半簇新绿与悱恻。长风浩荡为音乐而至，清涧汩鸣为文思而来。瑰丽宇宙万千，下笔云舒风卷，几杯清茗，本无望物衍天际，谨为代序。

匆匆。

2021 年 1 月

目　录

人类中最伟大的个体，包括爱因斯坦、释迦牟尼、瓦格纳、贝多芬……他们毕生的追求是一样的。今天有这样的机会能够说这样的话，我还是很感慨，某种程度上说我也很幸运。

爱尔兰的树

依稀二泉边，凫唤山色暝。

雪浪涌天隅，腴土万千倾。

寒春风

长天接广泽，二气共含秋。——［唐］方干《早发洞庭》

应无锡之约，寒春风时，步履烟雨江南。广袤吴越，先贤灿若星辰——仲雍、范蠡、顾恺之、徐霞客、李绅、顾宪成、薛福成、荣氏及唐氏家族、博古（原名秦邦宪）、钱穆、刘半农、钱锺书、徐悲鸿、刘天华、阿炳……前辈绚然华芳，凛然炫于浮世之上，无以伦比的卷帙琳琅。

行程重点，在于身临其境再次感受阿炳（原名华彦钧）倔强悲怆之声。无锡漫漶三跳道情、评曲锡剧、江南丝竹、道观音乐、苏南锣鼓、滩簧小调、船曲吴歌、段龙舞、九狮舞；刘天华留下《烛影摇红》《光明行》《病中吟》，杨荫浏、曹安和两位前辈录下阿炳的《二泉映月》《听松》《寒春风曲》等六首人间绝响，载入音乐史。锡惠音韵，搅动水光五湖天。

阿炳演奏二胡，孤昧流转，苍凉无边。满心寒荒透过六十多年前的钢丝录音仍倔强地传递过来。他演奏的琵琶，呈一股刚烈之气，急切扫弦透出他的屈苦与不平，全无青壮年时期在街头说唱时局的嬉笑妙应。据载，他录音时已久未演奏乐器，褴褛目盲，神情淡然，大约往昔生命长河中所有邂逅之欢悦，泠然以现日之悲苦行进偿还。无常即是常，悲凉无可抹。兴许心灵感应，他大概意识到，这次演奏，已是人生最后的绝响。

无锡三千余年历史，除流连于市井的民间音乐，近百年来还有多位专业音乐家踪迹可觅。除一些锡剧名家之外，刘天华的二胡曲树立了当代民族音乐创作标杆。现代有两位二胡演奏名家来自无锡——一是闵惠芬，二为邓建栋。闵已谢世，小邓尚在"嘉年华"，衷望他遂成硕果！

锡惠之旅，所来为何？太湖烟渚云帆，芦花皓月。穹苍紫黛，苏南瑰丽。然旧依稀二泉边，凫唤山色暝。雪浪涌天隅，腴土万千倾。日却不可追随，倏决计为无锡创作几阙心曲，换回久违不煦的春风？

坚韧、沧桑、质实与甘美，

写明了不可冒犯的心灵自由，

隐喻灵魂深处的神采。

草原之殁

　　沿呼和浩特西行，峰峦苍茫的阴山蜿蜒于右侧。阴山山脉包括狼山、乌拉山、色尔腾山、大青山等，是古代秦汉与匈奴、北魏与柔然、隋唐与突厥之争的主战场。唐太宗李世民诗曰："瀚海百重波，阴山千里雪。"金元时，阴山称"天山"。契丹族人、辽代贵族后裔耶律楚材诗曰："瀚海路难人去少，天山雪重雁飞稀。"历史上的阴山诗作，悲怆苍凉、肃杀凄伤，大有灭扫狼烟、一统天下之志。最著名是唐人王昌龄的诗："秦时明月汉时关，万里长征人未还。但使龙城飞将在，不教胡马度阴山。"成为千古绝唱。

　　我初次来这宏阔的土地。我是广东人，在江南长大，以蒙元概念，属不折不扣之"蛮夷"，或"十儒九丐"中之"丐"也。南人北相或北居，其实是有福之人。我说广东话、江南吴语、普通话、英语，也掰饬几句西南方言，蹦几句德语，以为可略周旋于世。临渊大海般的草原文化，眩目遥远之地平线，粗砺的旱风抚摩肌肤，两额溢满汗碱与黄尘，方感湮殁之历史难以复活，俨然我已跨进一冷僻陌生异域。

北方民族的变迁是半部中国史。大漠苦寒之地曾历经东胡、匈奴、乌桓、鲜卑、突厥、契丹、回鹘、党项等民族，其间繁盛过吐蕃、辽、西夏、金、元、清等王朝；迄今大草原上，蒙古文化依然鲜亮，加之东北的鄂温克、鄂伦春，接壤西北的广大的各民族文化。历史上雄浑苍茫的存在，究竟驶向了何方？隐遁，抑或远在天边？

草原上深黛宝石般的夜空，浩大如谶，不见千里滚滚枯黄、粼粼苦碱，或万马奔腾、烟瘴漫地。浩裏无垠却缄默的草原上，盈满低徊悠远的长调，沁透秘而不宣的内涵，漫漶无解的宇宙与生命之疑问。凝望远山，我深感背上的推力。

前往元代敖伦苏木古城遗址时正值严冬，寒冰挡不住魅人之路。承启闪烁在瞬间，当年敖伦苏木城是蒙古高原上仅次于元上都的第二大城池。茫远繁华的赵王城如今化为稀疏瓦砾，渺无人迹。对远离繁华的牧众而言，破败荒凉的山峦坡坎，也

在呼伦贝尔与小羊倌

许是心灵最虔诚的真境花园？

马头琴苍朴弦歌，远古萨满调，抖碎肩舞姿，天籁呼麦；敬虔成祖祭拜，草原赛马，蒙式摔跤，马背民族的英武依然可见。

最能表达雄心的，是鄂尔多斯。鄂尔多斯三面被黄河萦绕，南临古长城，毗邻晋陕宁。"鄂尔多斯"为蒙古语，意为"众多的宫殿"。我从未见世上任何一个城市建设有如此大气魄，欲把天下囊进心胸。未涉足此地，很难体会高迈雄伟的中国北方特有的持重气质。

成吉思汗陵在鄂尔多斯南部、伊金霍洛旗境内的甘德利敖包之上。1219年与1226年，成吉思汗两次西征路过此地，惊诧于此地美景秀丽，在马背上赋诗赞美，并选这里作身后之处。据传，1227年8月，成吉思汗出猎平凉以西，在六盘山坠马而亡，遗体运到甘德利敖包安葬。从此这里叫"伊金霍洛"，意为"主人的陵园"。鄂尔多斯的达尔扈特人世代守护着陵墓。在他们忠贞守护下，陵内圣灯近八百年从未熄灭。

世界史学界有些人多年来把大蒙古国十三世纪对世界的征服形容成"鞑靼的桎梏"。蒙古兵是否对世界文明造成极大破坏？答案是耐人寻味的。有人说伊朗文化中把源泉——尼沙尔普尔市街、坎儿井受破坏，归罪于蒙古征服者；欧洲文明圈一员基辅，其荒废由于蒙古征服者之深重罪孽；而作为亚欧大帝国之俄罗斯帝国，恰恰是大蒙古国的继承者。成吉思汗之孙忽必烈（元朝开国皇帝）最终"开刀"南宋——令人惊叹的是"襄阳城包围战"打得极为惨烈，后襄樊守兵败于巨大的抛石器"回回炮"。贾似道率十三万抗元大军兵败芜湖，南宋王朝1276

年于杭州（当时称为"临安"）开城向元投降，杭州无血光之灾。南宋幼主赵昺 1279 年俯浮于广东离崖山不远的海面——南宋灭亡。

元朝从中原潮水般的撤退，让人联想起今日鄂尔多斯的急剧衰落。忽必烈所建立的元朝生存不足百年，成吉思汗的四大汗国——从钦察汗国到察合台汗国——也在几百年的岁月混乱中逐渐消亡，最大疆域的领土逐渐丧失。朱元璋崛起时，蒙古各汗们仍热衷于内斗——太原失手，扩廓帖木儿逃亡甘肃，最后只能向蒙古大草原深处颓败遁去。1368 年，曾金戈铁马征服中原的蒙古英豪，被赶回广袤的大草原，回到一无所有、远离农耕文明、随季迁徙的游牧生活，尽管大蒙古国已为世界与人类进程带来极大变化——元朝的白银流通系统、有关经济"制国用使司"的创立，让世界贸易有了崭新格局。元代的百工与文化尚未沉沦，虽有元曲却仅是汉文化被压抑的产物一说。

离开鄂尔多斯，自始至终，只有载我的一辆车驶向机场。寂寥的空港几乎无旅客。煌煌大城，经济萧条至斯，令人震惊。成吉思汗的巨型雕塑俨然沉凝无边的草原城市，让我联想到敖伦苏木废墟。帝王无亲家，北方的雄心是否已再次破灭？草原川流不息的天命能否转为觉醒的历程？我曾接待来自蒙古人民共和国的客人，"草原雄鹰"仍沉醉于昔往恢弘中——惘惘惊世朱颜改，煌煌仰止今进步。客人目光沉郁，语言闪烁，绪情复杂，醉湎于酒，既开怀又隐忍——拥抱环球情切切，抑郁壮心语涩涩。历史终呈铁面，虽交流不易，我衷心祝他们拥有崭新的未来。

曾国藩云："千秋邈矣独留我，百战归来再读书。"迈进草原史，将深入心灵的天际线。内蒙古的朋友们，他们胸襟开阔、豁达乐观、大公无私、淡泊财帛、唯平乐道，谨求人间大义的虔诚，洋溢着不可遏制的创造力。绚烂的服饰是生命力之勃发，引吭高歌是对祖先之赞颂，是净口后的神圣语言；很少见内蒙古朋友显露集体性的精神或人格沉沦。蒙古族的民间音乐，毫无蚁命苟存的小范儿——深沉是表象，实质心驰神掣，威武悲怆。这不是钟鸣鼎食、藏书万卷的江南式文化大家底，这是雄浑的中国北方，绝非赢弱如羊。成吉思汗后人悍朴的脸庞流露出的坚韧、沧桑、质实与甘美，写明了不可冒犯的心灵自由，隐喻了灵魂深处的神采；他们远古忠贞的信仰，是生命的归真和盐。

我将亲睹火红的胡杨林、深秋之呼伦贝尔草原、冰封之贝加尔湖，探访横呈天际的鄂温克与鄂伦春部族。大草原遥远的地平线，宛如宇宙浩瀚星空，我欲随风飘化而然。

细读万卷书，匆行万里路。

蓝天万里云，碧海万仞涛。

从未来过巴拿马

今日巴拿马运河

从未想到会来巴拿马，到后发现这里是略超想象的一个较发达的中美洲国家。当然没去农村或其他地方，仅在巴拿马城和运河区待了几日，感受到中美洲的绮丽与散朗。

来这里自然要看看著名的运河。巴拿马运河（西班牙文：Canal de Panama），全长约 82 千米，1883 年开凿，1914 年 8 月 15 日试航，1920 年 6 月 12 日正式通航。早在 1523 年，西班牙国王理查一世就明确提出要开凿一条中美洲运河的主张。在勘探多年，克服技术艰险及诸多政治原因后，最终由美国第 26 任总统——西奥多·罗斯福下令在巴拿马开凿运河。

巴拿马运河由美国建成，自 1914 年开通至 1979 年间，一直由美国独自掌控。从运河过往船只中，美国收取高昂的费用。后经巴拿马政府多年努力，1999 年 12 月 31 日，美国正式将运河全部控制权交还给巴拿马。

巴拿马城分为新城区与旧城区。旧城区西班牙风格浓郁，建筑颇有特色。漫步旧城，各肤色居民经营的特色商品，最有名的是巴拿马草帽——从上百美元到上万美元不等，质量各异。新城区中的高楼大厦，构成一条当代大都市天际线。距离城区不远处则是几百年前的古城废墟，斑驳的砖墙可以看出当年火烧的痕迹。古城废墟中有个博物馆，藏品风格多样。我在那里买了个小盘子作纪念，很多物件与运河有关。

约百分之九十的巴拿马居民信奉天主教。教堂修缮得很好，令人想起西班牙当年统治的黄金时代与天主教的深厚底蕴。周日里的教堂人迹寥寥，表明飞速发展的社会生活或科学探索与既定的宗教教义依然不同，尽管周末信众仍在这里审视自己的灵魂。

我在巴拿马大学举办了一场讲座，谈及当代中国的音乐文化。看得出很多教授和学生都很有兴趣。学生中有不少艺术和技术的狂热爱好者——彰显才华的方式表现在他们晶亮的双眸中，生动的面庞反映出他们善于探索思想的本质。

巴拿马大学音乐学院的院长是位爵士乐钢琴家，他弹奏中国乐曲《浏阳河》磕磕巴巴，但弹爵士乐曲时可真是令人惊艳——爵士和声的暧昧与复杂节奏让我感到很欣慰——上苍在提醒，总有些事物是有些人所无法掌握的。

学生们热情奔放，为欢迎我到访还专门设计了化妆方式。哑剧表演般的行进一直伴随我的参访，似乎想告诉我奇迹每一分钟都将要发生。

访问的最高潮当然是 2018 年 6 月 13 日晚的音乐会。吕嘉指挥巴拿马国家交响乐团演奏了我创作的《广东音乐组曲》，协奏了元杰演奏的钢琴协奏曲《黄河》、柴科夫斯基的《第四交响曲》等。该乐团每天早上七点至十一点排练，下午乐手都有自己另外的工作——为了不亵渎生活，为了敬奉祖先。我感到乐手们心目中的音乐类似乌托邦，既触手可及，又虚化深远。

最没想到中国产"珠江"牌钢琴在巴拿马有销售点。为这次演出，珠江钢琴销售人员特地运来一台九尺琴供元杰演奏。这项中国制造堪称"预言"，见于世界多地，回荡异国他乡。是不是中国的无人驾驶车、原子芯片、人工智能等也能风靡世界？中国驻巴拿马大使魏强先生赴任不久，是一位高级古典音乐知音。他热情地邀请我们去他官邸做客，并在第二天隆重地主持了庆祝中巴建交一周年仪式。约百分之十的巴拿马人是华裔。他们非常高兴故乡来了音乐家，不仅热情好客，还照顾得无微不至。当地华侨绝大多数都是广东人，可以鲜明感觉到血缘亲情。

短短几天巴拿马之行，感天地之宽，海洋之泛，人心之热。

美丽的中美洲，那儿有亲情的同胞，友好的人民，以及对中华文明的尊重。

细读万卷书，匆行万里路。蓝天万里云，碧海万仞涛。无论在何时、何地，与何人、何事相聚或相遇，坦诚面对世界，感恩表明灵魂最健康。人生不做欲望之囚徒。不管怎么说，来生，与今生今世遇到的一切都不会再相遇了，理应笑傲人生。

夕阳辉映下，涛浪悠悠。

黑潮鱼在伊势湾海面的波光晶莹中跳跃，

而恋人初吻却是海藻味儿的。

文学谜团

日本横滨港

去富士山途中，偶经三岛由纪夫文学馆。他的书曾不经意
看过，知道他名声大，尤其是充满争议的自戕。素雅的文学馆
面积不大，陈列三岛著作与简约经历，重点突出他对日本文学
的贡献。

印象很深的是三岛的书房陈列——素净的书架前有一款深色木案，陈列他的纸笔与印章，似乎在回顾三岛内心纠结挣扎的一生。在三岛清丽如水的文字谜团后面，他的灵魂究竟如何？有时真像比虚构更荒谬，更离谱。

三岛创作了二十一部长篇小说、八十部短篇小说、三十三部剧本、大量散文、十部电影脚本、三十六部戏剧脚本，其中七部作品获奖。从他的年龄来看，作品数量不少。文学馆中保留了他诸多手稿，戏剧、电影的剧照和海报，以及出版的小说。

三岛对日本景色的描绘有独到之处。晚霞犹在，暮色四合，洒满阳光的树丛中璀璨夺目的松树梢在低吟。对内心之隐秘，三岛是沉默的。他认为精致的沉默驾凌于一切之上，所有喜悦都掺杂于不祥的预感里，美景存在亦是潜在的死亡。字里行间，猛禽凄厉的叫声划破东瀛寒冷的夜空。人之归宿神秘莫测，对死亡着魔，自殁召唤他的灵魂。

读他的《潮骚》，仍觉文字欠精辟与犀利。作为小说，描绘出的日本岛国的静穆、压抑气氛依然在。夕阳辉映下，涛浪悠悠。黑朝鱼在伊势湾海面的波光晶莹中跳跃，而恋人初吻却是海藻味儿的。岛域仄窄，对日本几乎是个天劫，在文字中可充分感受到。

现在读三岛的小说，犹如看二十世纪六十年代电影，细节精致，语言优美，色彩单调，描述信息量小，需要耐心。他中期后的作品的文字才显个人意识锋芒。他常与海相会，仿佛大海会回复他无言的对话。结实的男性胴体对他充盈不容质询的力量，对少女的描述却细致入微——静谧处子的幸福感与静静的大自然密切相连，是他鲜明的个人风格。

三岛之死充满诡异，是他一生最大的争议。自殁最终了却他愿。他内心自卑又狂妄，妄图以死换取国民对政治体制的关注。他没意识到世界是适者生存，而非适者降临。将自己颓败思想提升到神圣高度，又以终极正确的自我意识有恃无恐地屠戮社会舆论，最终没有换回他高尚的历史地位。最黑暗的时刻不是黎明前，对三岛而言，黎明永不再来了。

世界之大远超过任何小说家、艺术家的想象。熙熙攘攘繁华的东京，静谧山中湖，夜晚街头小馆内肆无忌惮的年轻人，构建当代日本图标。人类睁大双眼，遥看世界最深处。伴随科学和进步，虚妄日渐贬值；神祇们在劫难逃，人类智力进化似乎让他们日渐离远我们，灵魂已被人类自身认识清楚。三岛文学馆静静偏安于东京赴富士山途中，属私有财产。历史对三岛是宽容的，因为他已成日本文学史的书写者之一。

再次踏足日本，倏觉曾经都已变成回忆——东京的书店依旧斑斓，伊势丹百货公司里日本制造令游客驻足；横滨夕阳万点红，泉水汩汩可听。飞鸟常畏缩在空中，因为风大时海上怒涛如虎啸。

日餐中的汤，除了咸，没有给人以更深层次的味觉或以身相许感。这让我想起日本的文学与音乐。凄厉的尺八，暗哑的唐式琵琶，令人心碎的三味线，日本当代音乐也似乎在从有序走向瓦解，汇入世界音乐浩浩荡荡的系统性解体，形成当代音乐之熵。熵只是一种想象力的解说，意指土崩瓦解。三岛由纪夫的才华由聚集到耗散，在传播能量中他先满足自身欲望，再考虑神祇需求，无怪三岛之熵。

听听日本音乐家如何演奏我的音乐吧！五岛龙录音时我不在场。他虽与尤迦演出《拉姆拉错》多次，但录音听上去很陌生，时间至少长了四分钟，变得需要耐心了。依然如日本艺术，凝神能体会日本人内心的静默与纠结。毕竟，他们魂魄中流淌的不是我红色的血。

尤迦是位很有才华的指挥，又是谷歌公司技术部门的一位引领者。他用艺术与科技不同的词语描绘宇宙奥秘。我不信艺术与科学会有冲突，二者竞争仅在语义层面而非实质。尤迦只是用不同的语义向世界诉说同一个故事。

现在的古典音乐录音与作曲家本人的意图是否相符都只能猜测，作品变成身后事，由不得己。在英国格拉斯哥与德国路德维希港，我分别与皇家苏格兰国立交响乐团和德国国家青年交响乐团录制《拉姆拉错》管弦乐版，可一起听听。

离开日本时，山峦苍翠，细雨纷纷。汉字灯笼、日式木屐、谦卑行礼、严谨工作、洁简食物、精良产品等一系列日本特征在眼前晃动。太平洋波涛万顷，耀日从云层中透出神秘，与此光相逢，是魂魄开解之刻。我心怀敬虔回到北京，毕竟，这里气象更万千。

大自然秋风一荡，青天无一云，
古文明气韵一开，宇宙皆澄清。

行　者

马丘比丘石墙

　　来秘鲁马丘比丘，是突发奇想，因创作《创世秘符》苦于实证不足。历艰辛跋涉，飞机转机再转机，汽车再汽车，火车再火车，颠至马丘比丘山下，却遭瓢泼大雨。悚然仰望嶙峋入云的马丘比丘，心想，俺干吗来了？

马丘比丘是克丘亚语，意思是"古老的山巅"。我早已过探险年龄，久未寻访生僻之地。好在同行有七八人，山下酒店五星级，尚能喘口气。到库斯科时由于海拔高，虽不适却被诡秘灿烂的古印加文化迷惑。最诧异印加人基本是矮个子，他们哪儿来的万夫不当蛮力？库斯科巨石阵究竟是何人所垒？犹如太平洋上的复活节岛，乃万古之谜。

1911 年 7 月，美国考古学家海勒姆·宾厄姆在乌鲁班巴河层峦叠嶂的山脊上发现了保存完好的马丘比丘遗址。层层藤蔓叶下，建筑几近完整如初，如同西班牙殖民者进入安第斯山之时。印加人无文字，无书面史料留存，仅用结绳记事。这里，岩石凛然神圣，织造精美的布匹比金子高贵；泱泱大国无钱币无车轮，却有数千公里的古代高速路；完美孩童要被送上冰冷的山顶，去赢得上苍之青睐。

库斯科城是印加帝国中心，是个庄严的城市。印加人的宗教根植于生活。这儿有太阳神印蒂、大地母亲帕查玛玛，还有甘冽的清泉、充盈的宗教迷雾。马丘比丘神庙墙上嵌入的一块巨石发现有三十三个角，用现代技术也极难加工而成，乃独一无二的印加特色。沧古遒劲，究竟是何人所为？

移步秘鲁印加遗迹，会激发绝望的孤独感。四方之地，神庙教堂比比皆是。我想，既然上帝无所不在，世界各地智人们为何又要到处建他的住所？人类与生俱来的善念无用，不能低估人类深度的绝望与冷漠。玫瑰凋零，落英散落于石墙之末；鸟鸣四起，清泉穿越山峦奔突远方。灰色天际映衬下的深黛色山峰，遗留下万境皆空。

假如世界末日来临，与废墟相伴，人类才会更清楚未知宇宙比已知世界更宏阔。远古遗迹虚怀若谷，庄重肃穆，容得下人类所有的进取、谜团与野心，影响意识形态。宇宙中，离开空气、伽玛暴、脉冲星、重力场，生命马上夭折。现实证明物理定律强大到可以诞生生命，废墟却不能脱离定律。量子跃迁，那是谁创造了物理定律？

西班牙人有根深蒂固之信念，认为尘世之后有天堂。中南美洲西班牙印记浓烈，库斯科建筑可以明证。现有人认为教会必须与时俱进，但也有教派认为真正的目的在于不断变化的世界中保持初心。库斯科城人声鼎沸，大多是慕名而来的游客。酒店、饭店、纪念品商店皆西班牙风格，印加在这里是文化符号，一切旅游化了。

攀登马丘比丘需排大队，车辆蜿蜒上山，诧见一番凛冽风景。来自世界各地的探访者莫不被这景观震慑。主要是高度，建立在如此高海拔的文明，缘由万千，至今无彻底能说服人的理由。不确定性始终是嬗变之前兆，动荡与恐惧始在巨变之前。也许有一天人类会幡然醒悟，马丘比丘存在的真正原因。

中世纪以来，人的定义有无改变？难说。也许"古人"确能垒出埃及金字塔、太平洋复活节岛或秘鲁马丘比丘石阵。现世智能手机、阅读眼镜、助听器、药品植入人体，吾等早已不是"智人"。合成智能、控制论、人体冷冻、分子工程、虚拟现实已改变了"人"之定义。未来人也许会惊异今人不可思议的行为，天知道那时人的定义会由哪些要素组成？

生命有六界：动物界、植物界、原生生物界、原核生物界、真菌界、病毒界。现在第七界来了——技术界。大数据统计，世界诸多著名大学中，无神论与不可知论者的学生数量已超过信仰笃坚的学生。这是人类愈加聪明还是愈加愚笨了？人工智能已让世界忧心忡忡，技术嬗变人类的时代已悄然而至。

相比唐代各大诗人在华夏大地的旅行，我在世界的旅行远不能比肩，充其量是个初始行者。冷然目视乾坤，神秘似是而

马丘比丘遗址

非揭开，内心求道自渡。成功就是从失败走向失败，依然前行。万里路有时并不比孤倚幽暗的书更迷人，旅行绝非唯一救赎。旅行之趣，仅如韩愈所言："采于山，美可茹；钓于水，鲜可食。"大自然秋风一荡，青天无一云，古文明气韵一开，宇宙皆澄清。

去秘鲁当然也因是有一场《中国故事》演出。利马国家大剧院音乐厅俊雅典丽，音效很好。印加后人女性观众钗坠鬓松，浓妆艳烈；男性观众志趣淡泊，举止得体。秘鲁国家交响乐团印的节目册，隐约彰显东方韵味与风规。人类互相沟通，回眸历史确是捷径。指挥把来自远东的交响乐演得芬芳馥郁，穹顶溢满华夏清风。

我因《创世秘符》远赴美洲，却因天界般马丘比丘引发更多訾念。黄叶无行迹，空山煮苦茗。期望2021年新版《创世秘符》心血一缕，鲜凛复活，思想再度翱翔于天际。

"沉重的日子已来临

——你正值青春，

我却已暮年……"

从未相逢

伊凡·谢尔盖耶维奇·屠格涅夫在巴黎待的时间多，被西方评论界称"不像俄国人"。鲁迅时代，许多屠格涅夫作品被译成中文。他最早的两首散文诗由刘半农从英语版翻译而来，发表于1915年《中华小说界》。屠格涅夫是最早影响中国文学的俄国作家之一。

我第二次来圣彼得堡，除看看这位作家笔下的涅瓦河，顺便探访冬宫。屠格涅夫1824年从莫斯科大学转至圣彼得堡国立大学读哲学系，我毫不犹豫来这里踏足。远远望去，位于瓦西里岛涅瓦河北岸的圣彼得堡国立大学主楼建筑似乎绵延无尽。俄罗斯国土浩阔无边，再宏伟的建筑矗立在辽远的涅瓦河畔也显低矮。大地横无际涯，时钟仿佛都停摆了。

圣彼得堡国立大学建于 1724 年。长廊里粗砺的柜子里放满建校以来所有校志，墙上挂满著名教授油画像，俄皇的治理未能衰减严谨的学术氛围。门捷列耶夫在这儿发表元素周期表，巴甫洛夫、果戈理都曾任教于此，普京与梅德韦杰夫也都毕业于该校，不远就是克格勃总部大楼。

屠格涅夫 1838 年至 1841 年去柏林大学修习哲学、历史、希腊文与拉丁文。在这期间他接近巴枯宁，1842 年认识别林斯基，与他结成至交。后在萨尔茨堡与别林斯基一起度夏，成名作《猎人笔记》就是在别林斯基的直接影响下写成的。

屠格涅夫的名作《罗亭》《贵族之家》《前夜》《父与子》《春潮》等，我青年时代都读过，真所谓作家提供一段波澜壮阔，现今还他一段过眼云烟。屠格涅夫的散文诗在他二百周年诞辰时由俄方出版了俄汉对照本，装帧精美，成两国间的礼品书。今日读起来已不似青年时代那么动人。语言依然睿智，但当今社会思潮却远非一个世纪前可比了。

《散文诗》是屠格涅夫晚期作品，内容及倾向多元。屠格涅夫说："准确有力地表现生活的真实，才是作家的最高幸福，即使这真实同他个人的喜爱并不符合。"屠格涅夫忠实于现实主义原则，但"思想性"却减弱了他的文学魅力。那些蔑视贵族的文字，今日看来有点儿小儿科。我想，假如他不这样，会是哪类作家？

俄罗斯文学曾深深影响中国文化界，原因主要是意识形态。列夫·托尔斯泰、普希金、陀思妥耶夫斯基、索尔仁尼琴、叶赛宁、帕斯捷尔纳克、阿赫玛托娃等人对世界文化影响甚大，但马雅可夫斯基、奥斯特洛夫斯基、冈察洛夫、肖洛霍夫、爱伦堡、阿·托尔斯泰，甚至高尔基等人已经逐渐褪色，历史毫不留情。

屠格涅夫《罗亭》与《贵族之家》等名著塑造了"多余人"的典型。罗亭这类"多余人"意志薄弱，空想多于社会知识，野心勃勃又缺乏实践能力——语言的巨人，行动的矮子。夸夸其谈，忽悠所爱，而社会大多数并未获益。这类空头知识分子形象诞生于十九世纪俄国大变革前夜，引起国际评论界注意，与社会困难重重有关。

屠格涅夫最漂亮的文字是诗意盎然描绘俄罗斯大自然的部分，赋予景色的瞬息万变以哲理，甚至象征意义。他从人道主义出发，把社会进步的步履比作一团轻烟，到头来成一场虚空。

圣彼得堡柴科夫斯基墓

人无论祈祷什么，总是祈望神迹。作为语言艺术家，他为俄罗斯语言规范化做出了贡献。他的忧郁，使作品带一种郁郁哀愁。最著名的句子——"沉重的日子已来临——你正值青春，我却已暮年……"

从圣彼得堡到莫斯科，列车在俄罗斯大地迅疾飞驰。途径山谷与明亮的小河，目光所到之处，一切似乎都在诉说：在永恒的艺术面前，一切都微不足道。屠格涅夫说："想要安宁？去交往吧。"或"要幸福？去吃苦吧。"高耸的阔叶林与明镜般的冰湖瞬闪眼前，作家的金句相继从脑海里飞出。

现世人目光深邃，却缺乏沉思。茅盾曾称屠格涅夫为"诗意的写实家"。写实本不易，加之诗意恐怕需一颗赤子之心。对于生命流逝，屠格涅夫虽未捶胸顿足，却时常折磨啃噬他破碎的心。偶尔他也泰然自若："老年自然有青年人不了解的、什么游戏也代替不了的乐趣——那就是回忆。"人——有时犹如飞鱼，虽能在空中飞翔一段时间，不过不久仍得窜回水里。

广袤的俄罗斯大地令人浮想联翩。我想下次坐横贯西伯利亚的列车之后，一定写一首《俄罗斯随想曲》。俄罗斯空气凛冽，冬日大地还蒙上厚厚一层幽暗尘埃。城市黯然无光，不繁荣，也许与俄罗斯的经济状况有关。我接触的俄罗斯艺术家、普通人等，收入竟都在猜测之下。当然，一切不走运都是可以忍受的，天下没有逃不出的逆境。

这是近年来出国时间最长的一次，近十天。上苍赐给人最后与最高的一种禀赋，是"适可而止"，我迫不及待地回国。飞机降落首都机场大地一霎间，我真正感到，新时代已来临，新英雄理应手持彩练舞当空。这里是宇宙一隅希望无穷、幻想弥漫的时空，我们与上一个世纪的伟大文学家从未相逢。如果说这是个梦，也应该是个无垠美妙的梦。

我倦感双眼已适应了爱尔兰的冰湖与森林暮色，
见到自己寂静的身影在茂密的树林里清清独行。

爱尔兰的树

爱尔兰的树

对爱尔兰印象最深的是无所不在的茂密奇崛的树。达·芬奇言："太阳赋予植物生命精魂，大地供养其生长水分。"冬日爱尔兰阳光温煦，海洋性气候给树木以丰腴水养。极目远眺，丛林在暮霭中郁郁皑皑，燦然夕阳游弋于森林的斑斓光色，残叶枯枝在凛冽寒风中颤栗。

因历史上冰期反复，海平面上升，英格兰及爱尔兰原生树木只有四十多种。爱尔兰树种少，但树木受到珍惜生长嘉良。都柏林寂静，与繁茂树林有关。密林无语，大自然的寂静是世界上消失最快的资源。对来自喧闹亚洲的人而言，更远的地方树更密，草更青，水更清澈，灵魂更寂静。

寻找稀有树木是世界各大博物馆与植物学家前赴后继的事业。伦敦西南部泰晤士河南岸，有世界上最大的皇家植物园——邱园。那里收藏数十亿枚种子、几百万份标本，研究涉及生物系统学、微生物学、生物化学、分子遗传学等领域。发现新树种犹如发现新香料，是一种在异国他乡感知磨难后的狂喜。这是用量化框架来解码互相关联的世界高度复杂性的方式。不把森林当生产力，林木更茂密，会透露给人类更多大自然的神秘信息。

阿拉伯植物学家贝尔塔、大西洋探险者哥伦布、用生命换来丁子香的麦哲伦、从俄罗斯到阿尔及利亚寻找稀有树种的特拉德斯坎特、画出加勒比地区植物的帕鲁密尔、在塞内加尔发现猴面包树的阿当松、在中国岷江发现传奇植物"手帕树"（珙桐）的威尔逊……历史上这些著名探险者，为人类知识宝库添加了令人难以置信的故事资源。在我看来，中国最迷人的树是扇叶银杏，最珍贵的树却是1941年在四川发现的水杉。

成群的西伯利亚银鸥为御寒在爱尔兰森林与湖泊间狂欢，来自极地的凛冽北风摇撼着高大却掉光叶子的树。霜冻使树木脱掉树叶，覆盖在坚硬树皮下的细胞却仍一如既往地忙碌。树每时每刻都在为生存竞争——水、养分、阳光、生存空间，与严寒、酷暑、干旱、洪涝、动物和寄生虫缠斗。人类自古以来就是树木最大的敌人：先燃料——焚烧，后贪婪——木材。比如，欧洲人先知道有种树叫巴西木，然后才知有个国家叫巴西。

腐烂树干是许多种动物、真菌和微生物的食粮。当然，认知树木绝非凝视生态世界的唯一窗口。爱尔兰没有透支大自然的资本，尽管木头可建造房屋，为人提供庇护所，木制品——纸张——可以给人带来心灵与精神的食粮。把森林改造成工业林，是目光短浅行为；森林经济问题在于砸垮平衡，灭绝成了大自然不可逆转的态势之一。文化所热衷的政治智囊、学术报告或法律抗辩解决不了人类与大自然间的伦理问题。

我在爱尔兰的树林里随意穿行，凝视树叶，感知万物。土地苔迹苍苍，地衣与白雪的反光令珠宝翡翠相形见绌。亚拉伯罕出生时，中东干燥山岗上的树已是地球上高龄的植物，而佛祖却是在印度的菩提树下开悟的。我相信他一定是从无限小的事物中感知宏大宇宙，他神秘的微笑也许是一种物质解释。菩提无限小的粒子世界与宏大心灵的互动应是因果，宇宙获得了深不可测的智慧。

我对植物没有研究，凭视觉、嗅觉获得知感。自己有个"亚热带植物"系列作品，完成的有《迷竹》（*Enchanted Bamboo*）、《芙蓉》（*Hibiscus*）、《青芒果香》（*Scent of Green Mango*）、《蔓萝》（*Datura*）、《十二月菊花》（*December Chrysanthemum*）、《紫薇》（*Lagerstroemia Indica*）等室内乐。在我国南方苍郁树荫下，嗅香馨芬芳之花，冥想扶摇飞升，幻影至极，是件美妙的事。

类比是人类思考之源，是认知核心。人类永无休止的好奇心与进取心，复杂与深邃丝毫不逊于浩淼森林。任何生灵——

人，包括树，加上第四维，时间，多么精彩！探索精神是人性中最值得颂扬的神奇密码，自然界的中心却是随机的。我倏感双眼已适应了爱尔兰的冰湖与森林暮色，见到自己寂静的身影在茂密的树林里潜潜独行。

《锦绣天府》应四川爱乐乐团的委约而作，当时很随性，拿起笔来就写，并未刻意，自然表达一个美丽、高冷、大胆而简单的乐思，没想到被指挥约瑟·塞雷布里埃拿到世界各地去演。与大自然模式相仿，自然生长，叶子伸张尽力汲取阳光，有机会演变成灿然丽美的树。

不知中国古代神话是否属于意念文明，因几乎没有实证，仅存于远古传说。十八卷《山海经》中无数瑰丽描述，与现实渺无杳迹。想象力非凡的惊世人物与神怪异兽、地理、巫术、宗教、植被、物产等，是华夏民族悠远的启蒙之光，告诫我们上苍对于芸芸众生是普遍与永存的。上古奥秘象征无法理解的世界所有之潜能，《山海经》中的一切已成我们民族的深邃秘符而被赞颂。

鲁迅不鸡汤

实现理想的往往成名人。

名 人？

北京《音乐生活报》载文，有读者称我为"名人"，吓我一大跳。幸亏不是，否则离"死"不远了。大凡"名人"常无好下场，想当"名人"的一定活得不耐烦。十七岁时进工厂，头儿知我会弹琴，劈脸第一句话是："你一定想成名成家，去艰苦地方锻炼吧。"于是发配到工种最苦车间。那时尚不知"名"为何物，从所有人斜眼中明白，特长原来是罪过，甚至长相亦成口舌。不久前有名家称我音乐"花哨"，其论据是我"靓仔"。其实本人老么咔眼，早不堪入目了。

泰山之巅

真在名利场中厮混才看清所谓"名"之差别。比如"名劳动模范",那多半是实打实干出来的;"名战斗英雄",一定用鲜血生命造就;"名运动员"肯定是拿了金牌或破世界纪录;"名企业家",八成给国家上缴了众多的利税。但"名"不一定全出类拔萃。比如"名作家",也许只坐家不著书;"名作曲教授",也许从来不作曲;"名新潮音乐人",没准儿以音乐难听著名;"名理论大师",没准儿业余份儿。有时"名歌星"五音不全,上台只能假唱;"名演员"口齿不清,拍戏需人配音;"名皇室成员",没准儿红杏出墙……

许多名人成就于年轻,但青年遭到最多的训斥便是"年纪轻轻就想出名"。其实年轻怎么了?马克思写《神圣家族》时二十七,恩格斯写《共产党宣言》时二十八;门德尔松作《仲夏夜之梦》时十七,舒曼写《童年情景》时二十四;莫扎特所有的曲作完了才三十六,聂耳沉没大海刚二十三;邓丽君出道十四,周璇走红十七;斯皮尔伯格拍《大白鲨》二十九,盖茨创"微软"公司二十一;郭沫若写《女神》二十九,朱自清撰《荷塘月色》二十九;贺绿汀创作《牧童短笛》三十一,巴金出版《灭亡》二十四;韩信二十几当大将,伍子胥做宰相的年龄,今日是当不了总理的。王熙凤威震宁荣二府不到二十五,就连最没出息的贾宝玉,把大观园里男男女女弄得头痛万分也不过十几岁。年轻怎么了？！

　　实现理想的往往成名人。其实真把理想都实现了，上天都要忌妒：莫扎特，三十多岁把该写的都写了，还活着干甚？有时名人偷税漏税，成"落水狗"，人人喊打，但指不定忽冒"贤人"作保，又不"偷"了，于是照样滋润。名人爱折腾，最好办法是耍点儿小动作，让他成不了事。名人若活着遭人恨，死了肯定猫哭老鼠，假慈悲的多了去，其实心里不定多高兴呢！要一"弱智"忽变名人，那更麻烦，管企业一定赔本，管事业自己累，别人更累。有时专业不出名，副业名扬四海。我一同学，视唱练耳专业，却得了全国武术散打第一，还在欧洲开武馆当住持，弘扬中华武术，名利双收。一女同学，心智极高，曲尚未作红，就改写小说，没想一部中篇红遍全国；又写流行歌，一下唱到汉城奥运会，在美国出 CD，聪明绝顶。有时名不名就差一步，也有咸鱼翻身，丑小鸭变天鹅的。另一哥们儿，模样不理想，和声学了无数遍，当年最用功的一名。如今绝对是名人，黄脸婆也休了，娶个洋妞儿，生了一窝"中外合资"，还特漂亮。可见人一出名，老母鸡变鸭。

　　名人自有名人的活法。一好朋友，当年追女生曾用笨办法，即每天早上起来往她音乐院琴房一坐，也不说话，一坐就是一天，而且同时追两人：一三五坐甲琴房，二四六坐乙琴房，星期日休息。果然追上一个，如今也是名人。有时名人爱咋呼：有信仰的名作家骂俗人没理想，不信邪的名作家反讽他"装X……"，唇枪舌剑，"杀"得日月无光，面色萎黄。其实历史均由绝大多数非名人创造，世界皆由绝大多数非名人组成，芸芸众生，无名实在，所以绝大多数非名人根本用不着听名人放狗屁。

美术界有名人夫妇午休，孩子数他们共有几个脚丫。大约四只脚太多，孩子数不过来。当妈的不耐烦了，大声呵斥："嗨，数什么？四八三十二！"

万物皆逝，唯艺术永存！

音乐学院轶事（上）

"音乐学院轶事"，在 2006 年至 2012 年间陆续写了不少。原为《叶小纲杂文集》而作，文笔犀利，绝非妃红俪白之骈文。后因音乐写作苍山般逼仄，文集只能暂时搁下了，偶在报刊发表些琐言碎语。写杂文乃"高危"行业，看鲁迅如何诡谲明丽，笔如雷电，终于放出"一个也不宽恕"的橄言狠话的。不如学林语堂，文风秀婉嫣净，烟云逍遥，深宵沉醉，心持半偈。离癫怒，避祸端，今日对林之评价，不也愈渐高大上了么？好写杂文之厮，大约皆蒸不熟煮不烂之"滚刀肉"，刀枪不入的蒙人气功师，拿绣花针乱扎的假冒东方不败。发几篇，到没人爱看或人人喊打时，作罢亦不迟。

学院不管在何处，皆可曰"铁打的营盘，流水的兵"。昔往之明丽璀璨，难抵时间风湮。印象最深是上海音乐学院女高音歌唱家刘若娥，她当唱的黄金期约在二十世纪六十年代初。第一次听她演唱我才十岁，惊见清扬婉兮，皎如皓月，所唱《比太阳还光亮》，字字莹晶。当年刘若娥是留校小字辈，上音声乐系有大名鼎鼎蔡绍序、高芝兰、周小燕、温可铮、葛朝祉、谢绍曾、王品素等名家。我在上音大礼堂见周小燕唱过一次，歌已无印象，只记得她在台上犹如萧木落楚天，一袭高贵衣衫，女王般的矜笑与眼神。

在京畿成功便闻名天下，在上海出名不见得神州皆知。刘若娥在六十年代后没有名满全国，一因为是晚辈，她是上音名师的教学成果，二为地域之限。上音有位女中音胡逸文，与上海乐团的女中音靳小才、北京中央乐团女中音罗天婵成鼎足之势。靳小才声韵灵动，她的《女社员之歌》唱至家喻户晓；胡逸文气息阔广，一曲《高高井冈山》唱出风云浩荡，电台久播不衰。上海这两位出色的女中音，受限于时代与地域，没有真正走向全国。

今日没多少人记得当年中国优秀声乐家高超的演唱艺术。中央乐团刘淑芳的《宝贝》曾红遍全国，她磁石般魅力的声线，《看天下劳苦大众都解放》感人至深；孙家馨的《声乐协奏曲》（格里埃尔）和《千年的铁树开了花》仍令人记忆犹新。刘若娥先生后来教学成果显著，但她美丽的声音留下并不多，原因之一是曲目，在她远哉遥缈之年代，能唱的作品不多；二是上海地域之局限。她的录音在上海电台仓库里是否依然存在？衡山路的中国唱片厂早无踪影。刘先生也许不曾想到，当年只有十来岁的我如何一遍又一遍听她的 78 转唱片，她美丽的声音引起一个孩子多么遐远的梦想。

我不知哪位作曲家写了二十世纪六十年代的音乐舞蹈史诗《椰林怒火》。其中《南方来信》一阕，在上海歌剧院演时由毕业于上音的当家大青衣林明珍演唱。音乐调性布局、高潮安排、语言与音乐结合极佳。歌词来源于该年代那本同名书，为书信体，谱曲方式聪睿。今日我敢为鲁迅《两地书》谱曲，完全是幼时听的这部作品给予之胆量。

二十世纪七十年代全国最著名的上海歌唱家并非出自上海音乐学院，而是曾在同济大学读书的朱逢博，她的唱法在上音有些争议。我的一位毕业于上音声系的亲戚曾表示：朱逢博"最多能唱到四十岁"。这观点很大程度基于当时上音一些专家的"方法"观念。朱逢博的歌唱艺术非学院派，却得到了全国人民最广泛的欢迎。幼时我在华山路小剧场，亲眼见朱逢博皓齿娇唱《洪湖赤卫队》中《小曲好唱口难开》：她一袭青衫，手击瓷盘，笑容可掬，边唱边演，乐感极佳。她的声乐艺术很独特，真假嗓结合，气息通透，魅力无垠，在很长一段时期内很难被超越。虽然说"学院派"占据了中国声乐舞台的优势，但最大的成功者有时却并非"学院派"。唱过山西梆子的郭兰英、演湖南花鼓戏的李谷一、学建筑而半路出家的朱逢博，无不如此。她们的成功，源自对艺术的执着探索与忠诚，而非什么方法。换言之，"方法"只是为艺术服务的。

若干年前我第一次去芝加哥交响乐团，抬头瞥见乐团大楼一端俨然镌刻一行字，不禁悚然，触目惊心：

All passes，but art endures！（意为：万物皆逝，唯艺术永存！）

不想成为历史看客，一定是努力、机遇加抉择。我一直认为自己来北京上中央音乐学院是人生的最大转机。到北京来当然得忍受必须忍受的：破帽遮颜，寒风砭骨；琴瑟君不闻，棘篱心已森，举首春风浩荡，步履秋雨萧瑟；笑傲江湖却抑不下满心寒荒。天底下其实没有什么时不我与，只要毅力在。

Never too late.（意为：永远不会太晚。）

是，一切皆浮云，唯艺术永存。

音乐学院轶事（下）

卸任劳什子院领导，终于说话自由了。现机制，一当平民立马想咋说就咋说，真好。记得中央院校庆五十周年，时任副院长问："要不给校庆写个管弦乐？"我回答："好呀，这样写行吗？第一乐章——工资太少，第二乐章——怪人忒怪，第三乐章——前程美好。如何？"后来——当然没有后来，校庆咋能这样写。撑死俺是个刺儿头，爱说风凉话，可副院长就惨啦，不能让他尴尬哈。这事当然不了了之。

当年工资都很少，属同行业低端，令人扼腕。有次我去财务科问，见桌上一堆工资单，刚想找自己的，只见两位财务人员飞似地冲将过来，忙不迭乱藏乱掖，像电视剧里的特工，还要雅藏，说有规定"不让看"。那时评教授，评委席总有财务总监，在座专业评委教授均气度超凡，视而不见，尽显音乐大家风范。现在想，教授们真牛。

中央音乐学院前程美好是肯定的。教师们不等开学，不用领导交代，自己就把教学计划安排好了，老师追着学生上课是常态。中央音乐学院几十年来造就无数中国音乐界顶梁柱，很大程度取决于教师这种兢兢业业作风。这种作风一代一代传下来，养成学生们天之骄子脾性，也形成中央音乐学院自由的学术氛围，亦足可让任何一届院领导坦荡笃定。马思聪时代至今，蔡元培先生的"循思想自由原则，取兼容并包主义"在中央院体现得最理想。二十世纪八十年代后，诞生了七七级作曲班的古典理想主义者、叱咤风云的全才刘索拉、打败"天下无敌手"的谭盾、琵琶弹遍"三凡六界"的吴蛮、在芬兰弹八年三弦的谭龙建、在瓷砖广告里微笑的郎朗（附中）、时尚的古典音乐明星王羽佳、发明"屡屡"等中央院专用术语的杜咏、无数文艺院团领导者、电视晚会音乐家……就连"女子十二乐坊"里的团员，大都也是中央院毕业的。专业成就不用说，全世界都看得见。因此说中央音乐学院教学系统与教师是伟大的。

中央音乐学院教授们处事淡然，内心坚韧。天才赵宋光发明"阴翼阳彩、阳翼阴彩"赵氏和声体系，当时学术上孤立无援，毅然赴广州当星海音乐学院院长，开创一代学术新风；戴

中央院王府院古建。1985 年，最左一间有个小门，我在这个角落里曾住过一年，《地平线》《八匹马》《老人故事》完成于这个五六平方米小屋

云华教授罔顾沉疴，一人挑一个专业，终劳累而殁；创作《红梅协奏曲》并由姜建华演遍世界的吴厚元，他音乐闪耀民族音乐的俏皮与真情实意，奔绕太阳五十三圈后郁郁而终。著名钢琴家王耀玲，一生甘当绿叶，把音乐之爱全献给了学生。有次合伴奏我向她示谢，她莞尔一笑，疑虑小声问："谢啥？"——伟大的钢琴家观念中弹伴奏是本职，无须谢的。

杨儒怀教授上课引经据典，激情飞扬，讲堂是他学术驰骋的高大上天地。一日他夹着讲义急匆匆赶赴上课，忽见楼梯上一对热恋学生正激吻——两位现已是著名指挥家与作曲家了——杨教授在尴尬半秒后截然止步，蹑手蹑脚悄然绕行至另一楼梯后大步流星赶去教室。这已是佳话焉。

大学时有同学锁在抽屉里的钱包被偷，保卫处干部来了，姓孔，平时笑眯眯的，看后分析说："肯定是没人的时候干的。"学生四顾：当然啦，还用说吗？他又说："估计是先撬锁后偷钱。"学生愕然：当然也是啦！后来学生叫他"福尔摩孔"。"福尔摩孔"后来当了副院长，履职尽责，与人为善，大家很怀念。

教竖琴的左因老师奇爱才，只要学生有才华，她都鼎力相助。从出国留学到参加比赛，鞍前马后，为学生从早忙到夜，上她家蹭饭的学生最多。左教授是留苏的，业务好，事业迷工作狂，她是她那届班子伊始唯一有正教授职称的干部。不干活的人对她恨之入骨。有次录音，一小时休息，有人问："我们是休息呢，还是骂左因呢？"结果骂了一小时，接着再录。

G教授是大腕儿，教学牛，但木秀于林，风必摧之。有骂她"垂帘听政"的，有骂"顺G者昌，逆G者亡"的。相传G的事经常是音乐学院的"国家大事"。年纪越大越不吝，八九十岁照样冲锋陷阵，骂也没用。我常叫她"G院长"，或干脆用天津话直称 "缺大德的"。我曾在麻将桌上与她过招，她一出手就自拎 "大七对"，绝了。

中央音乐学院小社会，先哲大师学混学棍芜杂的酱缸，天才蠢货各扯一蠹的番邦山头。乖巧时像浪子回头的"金不换"，要钱时像等待巾帼营救的书生，碰到混不吝时觍着脸让人扇耳乱子。有真材实料的大学问家，也有装腔作势的假音乐人；有红得发紫哪儿都插一杠子的明星，也有暗里磨刀霍霍择机出手的泼皮；有大把兢兢业业为职称住房竞奔的教书人，也有少数洋洋得意多吃多占的伪君子；有一肚子学问却教不了书的奇才，也有不知音乐咋回事居然也分析技术理论的"专家"；有百事不沾的逍遥大师，也见处心积虑盘算当芝麻绿豆官的可怜虫；有念讲义念睡着了的青年讲师，也见宏论滔滔的国宝级教授；有看谁都不顺眼的愤世嫉俗大王，也有隐忍多年郁郁含怨的受气包；有大庭广众面前谀众人毫不脸红的马屁精，也不乏成天揣摩上意一眨眼一个坏主意的笑面虎。这里待上几十年，能练就刀枪不入的金刚不坏之身，是全世界蜂拥而来、令人神往的风水宝地。

听说学院早年曾抓获一名好偷窥异性沐浴的无赖，扭送有关部门前内部先严审：

"你偷看几回了？！"

"每次都……"无赖吓得直筛糠。

"今天呢？！"

"也看了……"

"什么时间？！"

"下午一点，看到两点……"

主管审问的是位书记老太太，白发苍苍。只见她一拍桌子勃然大怒：

"大胆！……慢，这么说，你连我——也看见了？"

"……"

思先生不悔之贞，求索上下，血荐轩辕。

泠然遥看星斗阑干，疾行风远浩荡。

鲁迅不鸡汤

1980 年绍兴鲁迅故居门前留念

　　鲁迅五十五，杨绛一百零四。周家大爷怒向刀丛，聪明人傻子般举起投枪猛戳故国；老太太一手煲鸡汤，双脚罔顾人间芜杂，孤寂高冷绕太阳一百零四圈，竟活出近两个鲁迅的年龄来。刨世待人，二位各有各的刀法。

先行者许寿裳曾悲曰：读鲁迅"先喜后悲，深想下去便惶恐不安"。我思忖许先生不安是缘于对鲁迅看透国民性之悲凉，无望感泛漫心头。

日前赴绍兴，不见故乡黯黯，却沐寒雨瑟瑟。依旧是苍黄的天底下，横呈鲜亮淋漓的市镇，竟熙熙攘攘的万丝活气。皂荚树愈发鲜嫩了，墙角边不见无花的蔷薇，井沿畔不复烟水之孤蒲。今日之祥林嫂、孔乙己、闰土、赵太爷、长妈、范爱农、涓生、子君、刘和珍、内山完造、藤野和陈西滢们竞相在百草园留影；来世之眉间尺、宴之敖、嫦娥、后羿、莫邪、干将、叔齐、伯夷、墨子、女娲和法海在周氏祖屋的断肠花下幽游。

夜宿咸亨酒店，倏窥鲁迅目澄如精，用斜藐梅兰芳般的冰色冷脸乜望于我，讽道：

"呔！所来何为？"

我嗫嚅道："想去滋事阶太高。过客赠我遮颜帽……回赠什么？"

先生莞尔："赤练蛇！"

"有病不求药，无聊才读书。文章得失不由天。先生高见？"

鲁迅斥道："天空冻云弥漫，地火岩下奔突。寻什么乱七八糟鸟导师？哈哈，哈哈哈哈！"

先生果然毒奇雄文，笔之雷电，片言只语横绝。不熬鸡汤，出口皆骇然苦药。

杨绛语录，名言是"人生曼妙风景"。其实，若生不满百，定与她所绘曼妙甚远。在酱缸里屏息修行，内功需臻于化境，似《笑傲江湖》中的 "婆婆"，或无所不能之"天山童姥"。凡夫俗子欲泽被苍生，难于攀天。

先生则实惠了。乐则大笑悲则大叫，清冷水沉涤万绪，寒凝花萧树已森。绍兴有鲁迅外婆家、越王台和大禹陵尚未涉足，期待睹沈园社戏，寻深院荼蘼，听四檐疏雨，怅满目飞红，行仓桥街市，笑漏船载酒，荡一棹烟波，煦无赖春风。

长夜孤檠读先生，雨来最是凄绝时。灵台无计，妙曼风景是寻不得了，更无需不靠谱的心灵上师。鉴湖眥水孤绝茫茫，先生精神郁勃骀荡。思先生不悔之贞，求索上下，血荐轩辕。泠然遥看星斗阑干，疾行风远浩荡。

喝罢！鸡汤，听着我的音乐！

青菜萝卜，各有所爱。

茄丁面

与大音乐家徐锡宜先生一起当了几次评委，每次见他都在与指挥家曹丁争执：究竟是山西刀削面好吃，还是江浙一带的面好吃。徐先生祖籍无锡，生于上海。无锡自古有"无锡不产锡，产佳肴"一说。"苏锡帮"菜名满天下，徐先生自然一口咬定江南的面好吃：响油鳝糊面、大排面、虾腰面、素什锦面、虾爆鳝面、黄鱼面、鲈鱼切片面、茄汁牛肉面、竹笋鸡汤面、雪里蕻肉丝面、什锦海鲜面、油面筋炒素面、爆鱼面、醇香排骨面、罗汉上素面、糟溜鱼片面、黄芽菜烂糊肉丝面、八宝辣酱面……就是上海人 "做人家"（最节约）的"阳春面"，也不知好过山西"刀削面"多少倍！

曹丁坚持山西刀削面好吃，说有西红柿鸡蛋面、茄丁面、卤肉面、羊肉汤面、牛肉卤面、金针木耳鸡蛋打卤面等。不过说实话,这类口味真不在南方人眼中。徐老说:"瞧你们的茄丁面,有什么好吃的!除了咸,油也舍不得,大不了加点黄瓜丝,还有什么?味同嚼蜡!嗨呀,南方的面啊,名字都馋死你!"

我听了哈哈大笑。我是上海出生的广东人,南方味觉记忆非常完整,在北京想南方,若有机会出差,自然要去解馋。曹丁连连招架,说:"我们的面功夫都在面上,刀削面全凭刀削,中厚边薄。棱锋分明,形似柳叶,入口外滑内筋,软而不黏,越嚼越香!你们上海面都是机器轧出来的,哪里有我们手工面好!"

关于山西刀削面,曾有诗曰:"一叶落锅一叶飘,一叶离面又出刀,银鱼落水翻白浪,柳叶乘风下树梢。" 面条进锅变成文字功夫,感觉已不在口中。写这诗的估计是北方人,依我看,他若深谙南方面食,就不会如此咬文嚼字了。刀削面的功夫在面,体会咀嚼功夫,按徐老的话,"山西过去穷,菜肴拿不出太多花样,所以在面上下功夫"。不说老爷子的话百分之百正确,但南方面的功夫确实讲究入口时的汤料及配肴,和面要求面粉与水的比例,"软而不烂,韧而不硬"是硬道理。江南一带的面讲究整体口腔味觉,与北方评判标准不一样。孰是孰非,取决于饕餮之徒的地域背景。

老话说：无肉不欢腾。刀削面浇头不会像苏杭面一样带一块精致的肉排，或费尽心思烹出的"大肉面"；刀削面一般以碎肉或肉糜为主，声势上已输了一成，这也是徐老得理不让人的理由。我曾去拜谒五台山，天天与刀削面相逢；北京名楼"晋阳饭庄"经营山西菜，服务员力推"刀削面"做主食。坦率说，面有些嚼头，但味道忒不咋样。不鲜香，有什么好嚼的？尤其汤汁，毫无江南面食的鲜腴感。

不是当地人，也许是"妄评"。太原有"面食宴"，是山西特色面点的匠心独运：冷菜有"十八罗汉面"，热炒六款特色面，煮、烩、煎、炒兼用，配料鱼虾菇蔬齐全，有精面、荞面、莜面、豆面、高粱面之分，外加刀削面表演、汾酒和山西醋，确有一份独特韵味。

尽管面食是中国百姓看家主食，但中国古典文学名著中关于面的描述却不多。《红楼梦》有几次提到面，毫无细节一笔带过："谁知薛蝌巾扇帛四色寿礼，宝玉于是过去陪他吃面"。另有一次提到"王子腾那也……一百束银丝挂面"，显然有些富家气。最著名提到面的地方竟然是尤三姐说道：

"清水下杂面，你吃我看见。"

这里指为人，是"你做什么坏事我一清二楚"之意，与味觉无关了。《金瓶梅》提到一次吃面，是第五十二回西门庆招待应伯爵与谢子纯二位吃"水面"，吃法是"四样儿小菜：……三碟儿蒜汁，一大碗猪肉卤，一张银汤匙，三双牙箸"。我看这面也好吃不到哪儿去。

鲁迅先生的《故事新编》中有非常著名的"乌鸦炸酱面"。绍兴师爷刻薄，此乃先生杜撰。绍兴市以后不妨开发这一面食，以促旺旅游。但估计悬，乌鸦不吉焉。

胡适先生在北平任教时，流连于北京的"八大名楼"饭庄，尤其是名楼之首"东兴楼"。在他日记中，有食谱之详细记载，但竟然没有面食记录。他也许没吃过"北京炸酱面"。说"北京炸酱面"有名，我觉得这面填饱肚子没问题，但齁咸的，吃多了会血压高吧？有名不见得真好，最典型是台湾火车上的快餐"台铁便当"，吹得那么神，一尝，天啊，分明吃出个"见识狭窄"来，绝无尝第二回的戏。

全国各地的面，印象深的是"四川担担面"和"延吉冷面"。这些是我上大学时和同学陈怡、周龙、胡咏言、赵易元等周末冲过去吃的面点。其他如武汉热干面、重庆小面、镇江锅盖面、河南烩面、襄樊牛杂面、苏州奥灶面、陕西邋遢面、杭州片儿川、兰州拉面、广东煨面等，都特色鲜明，但非儿时记忆，非念念不忘。在成都，有的"担担面"放二十几种调料，用心做到了极致。

写到此，又想起徐老师与曹丁之争。青菜萝卜，各有所爱，山西出了个郭兰英，上海出了个朱逢博，都唱《白毛女》，都好听吧？郭兰英声音扎实，粗犷高亢，真情实意；朱逢博洋为中用，精致细腻，音色绚丽。可惜她们的辉煌再也不会有后人，但祖传国宝级烹饪绝技也许能传下七七八八，甚至重新发扬光大，此乃草民之福耳。

所幸曹雪芹所写的"大观园"坐落在江南或北京，而不是山西。精致璀璨的大观园要是挪到山西，那就变成幽暗霸气的王家大院了。大观园里逶迤牵绪的故事也许会变成惊心动魄的"银票"或"大红灯笼"之事，琳琅玉食若变成"刀削面"，那书估计没法儿看了。要不然曹雪芹得颠覆他自己那支乾坤笔哈。

北京人说话，
大门叫"门"，小门说"门儿"。

买了买了，早就买了

北京人说话，大门叫"门"，小门说"门儿"。比如公交车服务员："前门到了，请从后门儿下车。"要形容人长相差，则说："瞧长得那（读 nèi）德行！"

东北人形容长相差说"磕碜"或"老磕碜了"。上海话听上去鄙夷不屑："长得涞撮气相"，有一点儿"cheap looking"（长相一般）的意思。四川话则"之瓦脸"，级别更高是"日不隆怂"或"挨球"。

鄙人乃广东籍上海人，托老天爷福，来京上学后未被北京人挤兑，呵斥"瞧你长得那德行"之类，但在上海读中小学时被女同学揶揄。因为"卖相"（样子）蛮好，平时又搭个臭架子，正好挨骂，用东北话说是"点儿正"，赶上了。

大学时代的叶小纲

随着小品日渐走红，东北话很流行。我有个学生来自铁岭，说话老逗了，呲毛撅腚地常去外国买唱片，找到好曲儿脖一缩："逮劲儿"！他听过的音乐好版本不计其数，钢琴贼溜，谁也弹不过他。本科毕业后他要去留学，我对他说：

"学完想回国就趁早，别老么咔儿眼的才想起来。吭哧瘪肚一磨叽，五脊六兽也不管用，不赶趟了。"

"放心！当然得早扑棱，晚了可麻爪儿了，欧咧。"

当然我还是对江南一带方言熟悉。上海以前的厕纸是黄颜色，类似A4纸尺寸大小，论"刀"（叠）卖。小孩"撒污"（拉屎）有儿歌，用上海话说：

脚踏地板，

手持黄板。

面孔一板，

老先生出来。

弄堂里小朋友有绰号：猪猡、鸭子、白眼、小和尚、白鱼、台面（大伙嫌他屁股大，像上海人吃大餐的圆台面。现在想，那得多大啊！）等。我们打弹子、刮香烟牌子、顶橄榄核、眯东里眯（石头剪刀布）、乒令兵冷气、挑邦邦、老鹰捉小鸡，开心得很。有时挡相挡（打架），鸭子的姐姐、白眼的哥哥、猪猡的娘舅、小和尚的爷叔都会出来帮腔，熙熙攘攘，老扎劲呃（很来劲）。总有个宁波沈家姆妈出来呵斥：

"哎呀厚总饭归唻，捺饭确饱嘞！"（哎呀麻烦了，你们饭吃饱了！）还有个浦东老妈出来嚷："型西啊，轰度了邪呃，奥扫威转气！"（找死啊，风大，赶紧回！）

我家斜对门原来开过幼儿园，园主老太已七十多，我们叫她"徐老师"。她常给孩子唱《我是一个兵》。但她年纪太大，记不清，第一句还行，第二句就自己编了：

"我是一个兵，
从小麻（卖）大饼……"

后面是"买了两只葱油饼么气挡（去打）侵略兵"，小孩们都会。后来小伙伴进入青春期，开始去"车拉三"（勾搭女孩）了，我那时决意要当音乐家，天天练琴，不和他们"白相"（玩）了。不过有时还津津有味地听他们讲"今朝侬车到洒宁，明朝伊又车到洒宁。"（今天你拍到谁，明儿他又勾搭到谁。）

指挥家张艺最早是俺带他到上海去见陈燮阳，终于在上海出道的。他是安徽芜湖人，也学了不少上海话。第一场演出他指挥肖斯塔科维奇第五，没指柴科夫斯基第四。有次我问张艺，在上交以后还能指什么。一旁吹大号的阿威脱口而出：

“唉有洒喇，洒斯！洒鱼！”意思是“还有啥，柴四！柴五！”（上海话听起来像是屙尿！屙屎！）

我要写三联歌剧《牡丹亭》，已想好除柳梦梅和杜丽娘，其余角色均唱方言，一定有意思。比如管家可唱河南话，老爷吩咐什么他都唱“中”；皇上、太监、差役、老妈子、丫头、村姑都唱方言，当然俺对方言还算熟悉。村姑们一定是苏北人，唱起来“介块喇块”地；请石倚洁演浦东差役，他是张江人，用浦东话把“赤那”放在高音区，其余放在低音区，一定很精彩。

其实柳梦梅是广东人，我曾想设计他与杜丽娘在花园假山后缠绵，后踱步到前台，花匠讨好地问：“点？”（广东话：怎样？）

但见柳梦梅不无倦意地唱道：“唔埋好劲嗜。”（广东话，意思是一般般啦。）

全场一定笑翻了。

上海话有个优点，旧的不去，新的不来。有次我在一家服装店转悠，出门时售货员抱怨："格呃宁（这人）下半涅（日）一点钟！" 出门后我才反应过来，骂俺"十三点"呢！介绍半天不买，迂回损你一下啦。二十世纪八九十年代世面上形容"很好"就说"呼呼响"。比如今晚演出成功，就"今朝哑里演出呼呼响"。但若医生问病人"今天大便如何"，病人说"今朝扯污（拉屎）呼呼响"，就有点儿不雅了。有时分场合，形容某人不够意思，一般说"阿污卵"；若斯文一点儿，只说"阿污"，"卵"省特勒（省掉了）。

用音乐描述江南方言的例子很多。当年当工人时，进车间第一天，我师父姓沈，高兴地大声说："哎呀，侬会弹钢琴是伐？载呃呀！（很棒啊！）"

他又说："音乐是宁波人勒叻（在）裁缝店里发明呃，侬晓得伐？"

我一脸懵。师父说："裁缝师父有个徒弟叫来发，一天他用宁波话吩咐'来发，米苏细夺来（面纱线拿来）'，宁波话听上去像音名'24，35712'，所以音乐是宁波人发明呃。"

　　我大乐，乐句没有重复音，和美国广播公司新闻台标音乐似的，牛啊！第一天上班，俺还理了个发，长发飘飘，我用手缕一下，一会儿缕一下。一个叫威威的师父觉得我不像劳动的样子，过来揶揄道：

　　"格么侬洒体勿耐只头把嘞拎包里！"（那你干吗不把头放在拎包里！）说罢扬长而去。一会儿又冒出个说天津话的师傅："哎呀，倒霉孩子，缺大德了哈！"

　　天津话一响，世界乐哈哈。从那时起，我对天津话有了兴趣。

　　车间里还有位电工，看我天天练锉刀（俺是钳工），说："还是弹钢琴暇宜伐（舒服吧），做桑活苦恼（干活苦）！"后来我考取中央音乐学院，通知寄到厂里。工友兴高采烈半夜大声敲门来报喜："小钢考到北京去！"离去北京还有几个月，我还要上班，但他们说：

　　"好好叫准备！桑活阿拉做，得侬记考勤，勿要上班勒！"（好好准备！活我们干，考勤给你记，不要上班了！）临去北京前，"硬梆梆"们每人送我一册价值两块钱左右的缎面笔记本（那时工资才三十六元），都写了寄语，至今我仍保留着。他们都是有血有肉的工人兄弟，事过几十年，这份情谊我永远铭记在心。

工厂技工学校，我在这里半工半读两年。后面小房是医务室，当年为练琴老想去开病假，均以失败告终。实在是没病。

上海世界大"魔都"，撑世面的当然都是"超人"，百姓也不是吃素的。有次噶（挤）公共汽车，有人放屁，熏，乘客怨声载道。售票员斥道："洒宁放呃喇？嘎葛呃车子，勿杠卫生！"（谁放的？这么挤的车，不讲卫生！）

当然没人承认。售票员灵机一动，用"搭僵呃"（勉强的）的普通话喝道："放屁的同志买票了没有啊？"

只听一位带杭州口音的男子在"幺尼聒落"（角落）里应声答道：

"买了买了，早就买了！"

"……"

生活在当下不知远古传说，
犹如漫步一个伟大的博物馆对稀世珍宝视而不见。

创世秘符

　　不知中国古代神话是否属于意念文明，因几乎没有实证，仅存于远古传说。十八卷《山海经》中无数瑰丽描述，与现实渺无沓迹。想象力非凡的惊世人物与神怪异兽、地理、巫术、宗教、植被、物产等，是华夏民族悠远的启蒙之光，告诫我们上苍对于芸芸众生是普遍与永存的。上古奥秘象征无法理解的世界所有之潜能，《山海经》中的一切已成我们民族的深邃秘符而被赞颂。

　　柏拉图曾借口苏格拉底说："研究某个领域，你了解吗？"回答是悖论，因为了解还研究什么？或不了解凭什么研究？为写《创世秘符》，我皓首《山海经》《淮南子》《天问》等远古飘来的经卷，但神话背后的信史永远扑朔迷离，几乎愈读愈不懂。宇宙漫远幽廓，群生纷纭，万物真能解析与否？宇宙一直在膨胀，人类仅改变了自身，并未比远古高明多少。

一般说"经"乃绝对真理，犹如宗教教义，但《山海经》绝非经典之"经"，它记载了一个时间、空间与地理的运动。古神话迷茫瑰玮，世间幽魂灵怪，大地上甘华、稷米、稌、黍、赤菽、蜀椒、蘦、甘柤、梣、蔓荆、檿等植物，都蒙上一层诡秘莫测之朦胧面纱。

080

我觉得《山海经》是人类的第七灵感，妄说诠释未解世界。先祖创造一种假象：无数哲学、神话与宗教，让后人相信未知世界的秩序迢迢井然，结构无懈可击，蒙神启示伸臂可触。创世纪本有不同之说，宇宙大爆炸后一直在不断演进，越来越高效与复杂。它使某个星球上的事物有些看上去是樟树，是芥、栗、乌蕨、蓿、枳、祝馀等绿植，有些看起来是狌狌、朱獳、鼍围、窃脂、疆良等灵兽，有些则是嫦娥、后羿、女娲、蚩尤、娥皇、盘古、共工、涂山氏，当然，有些竟是现代的我们。

现代物理学似乎证实生命是从无生命的物质中发展产生，仅是物理定律的结果。自然法则随机而非组织化，寻找无序宇宙中创造的秩序力量。到底谁创造了人？西方说上帝（华夏女蜗说，并未宗教化），达尔文提出进化论。我却怀疑：有无第三种方式？开启瑰丽想象，是我决定写《创世秘符》的动因。生命并非宇宙创造秩序的唯一个案，比上帝造人要简单。女娲混沌救世，生命很有可能是物理运行的结果，并未借上帝之手？

《创世秘符》第三乐章《后羿与嫦娥》乐谱

为捍卫信仰，虔诚的教徒早研究过大量的科学数据来明证上帝存在，在一种群体性妄想中人类付出了艰深代价。我深感神话是人类精神的微妙暗示，或是人类永生的某种意识存在？《夸父逐日》是臆想，在华夏却成了励志象征。人类最宝贵的精神财富——浩瀚悠远的古老智慧藏身于静谧博物馆的脱酸储藏盒，静卧于令人感到无比渺小的恢宏图书馆穹顶下幽暗的书架中。

上天十日，肆虐众生，后羿铤而走险射下九尾玄鸟，天下皆凉；而嫦娥偷吃禁药，飞赴广寒宫。《创世秘符》中，不可避免地出现了《后羿与嫦娥》。这是写作最"人间"的段落。阅《山海经》或古代神话，深感后羿与嫦娥其实与吾等无异，人类能力远超出我们想象所能及范畴，不妨将自己比作他们。在《故事新编》中，鲁迅把嫦娥写成厌倦"乌鸦炸酱面"而逃离。怀疑精神对艺术最宝贵，历史上每次有哲学意义划时代的艺术革新都以大胆创想为开端。

古代神话溢彩，必有惊天骇世高尚启蒙。艺术唯一的理想，是艺术自由。从古代神秘主义到现代粒子物理学，聚焦的思想对任何观念形态都可能产生实质性影响。浮升尘世，在生活中信奉某种准则的人定会被人尊重，与远古智慧相对，无法言喻的神秘力量会再度指点迷津。

　　《创世秘符》的目的不仅是为了美，亦是为了改变。音乐从阒无声息漫漶至奥义深邃，体现一种祈求，挣脱牢牢箍死的历史黑洞，寓示灵长类智慧渐进，听觉会在无可名状中赝足。冥府恶魔与神勇武士在碧空争斗，显示的却是仁慈力量。音乐，也许可以量化一下城邦的情绪罢。

　　神话是我们共享的符号，象征了生命中所有无法理解之奥妙。《山海经》《淮南子》《天对》中古老的文明在时光荏苒中失落，又在我们今天瑰瓣纷落的粲然时代里复活。

改革开放变化极大，

各地方言亦如此，

不妨先聊聊上海话。

下半日一点钟

1986 年在广州太平洋公司录音

今天主要说方言。改革开放变化极大，各地方言亦如此，不妨先聊聊上海话。

上海话说演奏低音提琴说"拉贝斯"。比如说拉手风琴，说"右手拉调头，左手打贝斯"。旋律说成"调头"，至于"拉""奏""弹"等与演奏乐器有关的动词和"打"有多少内在联系，一时半会儿说不明白。犹如北京人坐出租说"打的"，"打"从何来，不得而知。我离沪多年，至今说的上海话，常被朋友讽为"七十年代"水平。记得一九七八年离沪赴京上大学时，上海话说一样东西好是"顶刮了"。没过两年回沪探亲已流行"砰砰响"。比如，"呵哟，今朝演出砰砰响"，意思今儿演得很好。当然开音乐会开得"砰砰响"可理解，但病人若向医生汇报"今天大便不错"，说"今朝拆污砰砰响"，却有点儿不雅。

新派沪语日新月异，不是坏事。百年前上海流行"洋经邦"英文，话里话外透着几句本帮英语单词，是一景。如最后一样东西，说"狄只腊司克"，其实是英语单词"last"的变种，为什么"特"变成"克"，就不知了。还有说"侬捺球派司过来"，其实是"请把球传给我"。一个人在混饭吃，说"伊唻嘞混呛司"，"chance"是也。二十世纪九十年代我从美国回来后，各种俗语或切口几乎听不懂了，成了"巴子"一只。以前上海人形容人傻说"十三点"，后来把"点"省了，眼一瞪，叱道："十三！"那是很厉害的骂人话。后来"十三"也不说了。有次我在店里试衣服，没买，出门时服务员脸色不对，听她在背后说："哪能嘎下半日一点钟！"开始没明白，出门才反应过来，哟，骂我十三点呢！杀人不用刀啊！至于"巴子"，是二十世纪九十年代后流行起来的，"憨噱噱""十三分分"的意思。

我在北京或外地时从不说自己是上海人，要不广东人，要不江苏人。在外地人眼里，上海人精明，语言太损。想想有一定道理。小时母亲有一朋友，长相难看，吃相吓宁（吓人），小孩儿背地里叫她"咸猪头"。猪头还不够，还要腌过，咸的。脖子上肉多，我们说"朝头肉老厚"；臀部大，说"法兰盘蛮结棍"。后来进了工厂，给工友编号，某某"大法兰"，某某"小法兰"，某某荣获"中法兰"。有次我在上海，说自己江苏人，马上有人问："格么侬是全江还是半江？""江"在这里做全"苏北"雅称，全江还是半江？问是否正宗苏北人，不是"全江"级别不够咧！

这些属于上海话新发展，以前肯定没有。上海话"头"多：吃面加菜叫"浇头"，找钱叫"找头"，骂人说"猪头"，形容傻说"寿头"，开发票问"啥抬头"，有小秘说"有花头"，有办法说"有噱头"，出租车是"差头"，枪打出头鸟叫"斩冲头"，侥幸叫"额刮头"，不知好歹叫"隙（贱）骨头"。

这些都是进化后口语，据说真正上海话，是"东爿爿西爿爿，轰（风）大来喔"或"轰度勒邪呃"这样的本地语。现已发展到用否定句当肯定语气用——"勿要呔好""勿要呔嗲"，全上海都在"勿要呔"。我猜这是受外来语影响，用否定句做肯定语气很经常。

上海话比其他方言更另类：头上脚下叫"头东里脚东里"，角落叫"幺尼果洛"，后来叫"后隙蒂"，敲竹杠叫"靠黄挡"，一般般叫"勿哪能"，厉害叫"结棍"，贼眉鼠眼相叫"贼沓兮兮"，聊天叫"嘎三胡"，差劲叫"憋脚"，刁钻叫"搓咳"，假冒叫"大兴呃"，憋屈叫"挖煞"，眨巴眼叫"眼睛拔瞪拔瞪"，一共叫"一塌刮子"，动静大叫"擎令共弄"。最绝的表达是不以为然："咦——赤那"，有尽在不言中之鄙薄。

有些话现在已经较少听到，表明上海话一直在与时俱进。有次吃饭，朋友让服务员换一下小碟，说"小姑娘，骨盆调一调"。小碟变成"骨盆"，没想到。"骨盆"嘴上说说无妨，写下来有点儿吓人，好像我们血盆大口，吞吃无数牲畜。上海餐厅中，服务员"小姑娘"往往是老阿姨，"小伙子"常是"老法师"年龄了，这也是一种新叫法，服务员听了高兴。催菜也有新方式，比如饭上慢了，不生气"翻毛腔"，说"小姑娘，米还呒么买，是伐？"菜上慢了，问"小伙子，菜还呣么汰，对伐？"这一招厉害，忙得"老阿姨""老法师"团团转。现在挤对人也斯文高科技，以前吵架说"格么侬去跳黄浦"，现在"寻相骂"（吵架）变成"格么侬去跳金茂呀"，"憨笔样子"羽化成"江边洋子"哩。

我写文章纯属惹事儿，既非文字专家也非研究方言，是敲锅边儿架秧起哄，今儿就此打住。

可没人会深更半夜起来听音乐会，
但有人会半夜起来看足球。

外行瞎说：疯狂的足球

我对足球兴趣不大，细想是因为对中国足球的失望而造成。记得很多年前，指挥家张艺还穿绿色北京国安队服装，堂而皇之到外地看球赛，竟不怕与当地球迷冲突。我随他们一起看球，大呼小叫了一阵。本质上说，看足球大赛很累，点灯熬油的。二十个人抢一个球，那么长时间，干脆一人发一个球得了。每人一球，狂踢乱顶，一定好看。但这么想肯定会被球迷揍扁，或被唾沫淹死，干脆不吭声。不看总可以吧？省得窝心。我看中国足球，看一次输一次，不是输不起，是生气。其实战败的英雄照样豪气，一样能赢得人们的尊敬。很遗憾，中国足球"not yet"（还不行），还需要时间。

后来米卢来了，大家兴奋了一阵。老头有几招，居然冷不丁出了线。"快乐足球"开始发烧，结果去世界杯吃了个零蛋，老家伙挣足银子跑了。国人心疼得要命，他走后中国足球又重新回到起点，快乐个鸟！大概我心态不好，偶在电视上看见个别足球大佬，怎么看怎么像坏人。这么多钱要是投入音乐事业，中国音乐在世界上早就大发了。有人说中国音乐在国际上的地位要超过足球，本人觉得，岂止是超越，简直不能同日而语。

可没人会深更半夜起来听音乐会，但有人会半夜起来看足球。这是足球的魅力，生气也没用。有届世界杯，我正好在四川阿坝调研，晚报的记者天天来催，要稿子。我兴味索然，实在不知写什么好，强打精神看电视转播，没想足球居然可踢得这么漂亮。当年德国队踢球简直是艺术！有天，住的酒店竟然没有中央五台，同行一人急了，调侃道："接待工作不够细致嘛，休息不好哇！"我们大乐，足球疯狂可以让语言表达更艺术。你看中国传媒多起劲儿：熬着转播着，评论着预测着，叫着喊着嚷着咋呼着，失态检讨道歉着，比赛开奖着。主持人狂喊的嗓子变成"云遮月"，声调失控的像调音台失真，说好听感染力强，换个说法，关你啥事儿啊？

有届世界杯我正好在柏林演出，并无感觉德国人有多疯狂。后来得知开幕式那天，绝大多数公司都提前下班了！老天爷让德国队英雄般地凯旋，队员都成了神武的大卫。观众疯了，巴赫、贝多芬、康德、费尔巴哈的后代都变成了"烧包"。总理、名媛频繁出镜，看来他们还是很在乎这个"杯"的。那时北京"晃"了一下，学生发信息，说："晚上怕有地震，您还是看球吧！"我想了一下，决定还是睡觉。

我爱看风姿卓然的齐达内，光看他和法国队同伴在绿茵场上神鹿般飞驰，已爽心悦目了。他一头撞翻辱他的球员，真是一名好汉。很佩服德国队，但赢不赢无所谓。他们有章法，城府深，球风滞重，计划性强，但称霸却不以人的意志为转移，设计出来的无懈可击让我想起德国人的工作作风，累得很呀（所以人家厉害）。那年杞人忧"德"的多了吧？葡萄牙人不像德国人那么严谨，他们有南欧人阳光般的灵动，看似随意，坚强的意志却融化在即兴想象中。不过那年爆冷太多，天知道了。

至于南美队，球好看，但无亲近感，也许拉丁美洲人与亚洲人的缘分不够近。我才不会为他们大呼小叫呢，瞧阿根廷队，第一场什么样？都穿黄衣服，我看中国女排和巴西队比赛就来气，恨不得朱婷场场砸她们个三比零。

我现在理解德国为什么出勃拉姆斯、瓦格纳，意大利为什么出罗西尼、威尔第和普契尼。南欧蔚蓝色的天空与绚烂的阳光，造化成美妙的旋律，也踢成意大利人偶傥的球风。我猜，即便葡萄牙人、意大利人输了，也不至于那么沉重吧？有次黎明，我五点半鬼使神差地醒来，打开电视，就看见当天德国输的最后三分钟！见德国队如瓦格纳音乐中的英雄特里斯坦或齐格弗里德，巨人般的在最后的搏斗中轰然倒地，整个德国悲壮无声。我觉得，如果他们的文化巨人因此又要诞生，那就让他们继续输吧。

　　中国队球员，我对两个肩膀扛一个脑袋的"范大司令"印象极佳，还有上海队申思。有个北京去德国踢球的明星好像挺棒的。不过英雄迟暮，有次听申思详述，心想，难怪如此，急也没用！

父亲在天国凛然遥望人间，他的故事一定会慢慢清晰起来。

在我心中，母亲永远美丽。她心明眼亮，独立思考，果敢坚毅，善知进退，相夫教子，慈悲贤良。她的优秀品质我永远铭记于心。

什么狼不吃羊

我将此音乐讴歌我大恩大慈的母亲，
以及天下所有为子女艰辛奉献的父母。

织锦曲

今日话题也许会令所有朋友始料未及——刺绣。日前赴无锡追觅阿炳的往昔岁月，邂逅闻名遐迩的锡绣，惊异于江南刺绣的隽永炫丽，也引发儿时的心痛记忆。

母亲曾是一名机绣好手，为一家生计她夜夜织绣到黎明。缝纫机所用的绣线分两类：柔软舒卷的棉线，或泽色矜贵的丝线。琳琅满目的丝线烁闪千姿，有晶莹的亲和力与贵族般的瑰丽。

母亲刺绣的质量属一级，在当年上海绣品厂中属优品，用于出口。但她花费多日辛劳织绣的多袭清扬婉兮的床罩、台布、枕套或绣花鞋面，只能挣卑微的一元多钱，因为她只是临时工。需要夜以继日熬多少夜才能养家糊口？今日已不可想象。迄今我仍记得夜深人静后母亲抑抑的缝纫机声。

苏绣

　　今日苏绣、锡绣均为手工，惊为绝技，尤其双面绣，镶嵌在精致的红木或紫檀木框中成奢侈品。今日鲜见用缝纫机车工织绣的清美床罩或工细如神的桌布，因绣机已电脑数控，批量生产。

　　母亲当年端然典丽的绣品几乎一件也没留下来，全部换成柴米油盐或哥哥姐姐插队落户时所用盘缠，竹质绣花绷架在家中消失，母亲的绣花技艺与子女再也无缘。今日母亲美丽的容颜已黯然颓去，神情日渐翔飞，气色沓渺，犹如一卷风干的青史残页，飘零在遥远的天际。曾经有过的美丽极致，结局定是凄凉无边。

几年前朱质冰先生请我为电视剧《阳光普照大地》作曲，影片涉及另一江南瑰宝——云锦。云锦是南京著名传统丝质工艺，东晋义熙十三年建康（南京）就有管理织锦的官署——锦署，距今已一千六百余年。云锦保留了传统提花木机织造，依人脑记忆，以手工千梭万苦织造，至今仍无法用机器代替。

《织锦歌》由我的学生邹航作词。他桀骜华芳，纯良敦厚，却深谙人愁千迭，心伤万端。人性底色与历史风云际会竟沉凝于胸。

《织锦歌》

春暮烟云
秋织万里锦。
夏雨韶华
东风裁尽朱颜。
朝朝暮暮
花开花败，
莫道百年一梦连。

江天明月

浩叹千丝连。

长歌映日

丹心染尽山水间。

花开花败

朝朝暮暮

笑看风雨千百变。

　　我将此音乐讴歌我大恩大慈的母亲，以及天下所有为子女艰辛奉献的父母。

我同意孩子从小有一点儿叛逆精神，

不被大人牵着走。

什么狼不吃羊

读中学时爱疯闹，上课时老师问："人的正确思想是从哪里来的？"一同学回答："从天上掉下来的。"另一个跟腔："从地下长出来的。"老师脸色很难看，发火吧，是个孩子，不呵斥吧，有失老师颜面。后想出一招：每人背诵经典文章，一字不能错，错一次加背一遍。到落日熔金暝色入窗，仍未背完，老师又过来，再问：

"人的正确思想是从哪里来的？"

一个道："背出来的。"

另一个说："老师教的。"终于被放走了。这俩同学现在混得不错，主持很大工程，挣大把银子。他们常说，今天的成就得益于少年不怎么循规蹈矩。

我同意孩子从小有一点儿叛逆精神，不被大人牵着走。我女儿七岁那年，有天给同学打电话，说："你知道什么狼不吃

一家三口

羊吗？"对方是个小男孩，光头，说："不知道呀。"女儿很得意，说：

"告诉你吧，色狼不吃羊！"

我一听就呵斥："练琴去！" 她不肯。我急了：

"那你今晚多吃两碗饭！"

"我宁当撑死鬼，不做弹琴人。"

"那你长大做什么？"

"烧饭。"

……

仔细一想，烧饭就烧饭，爱干吗干吗，甭瞎操心。我最不爱周末去单位中央音乐学院。一到周末，院子里全是学艺的大小姐、小少爷，门口交通阻塞，家长在院子里等孩子下课，一片唧唧嚷嚷，像个菜市场。考级就更吓人了，万头耸跃，像火车站，难为望子成龙父母心。我小时学音乐是自己喜欢，父母未逼过。不知现在琴童中有多少是自己热衷，盲目智力投资肯定给家庭与社会造成沉重负担。都说孩子学音乐智商高，也未见得。我女儿不弹琴就高兴，就不学，小嘴儿却很厉害。有次我妻子去自由市场买苍蝇拍，问价，小贩说：

"两块。"

只听女儿在一旁喝道：

"一块八！"

吓得小贩连连称"是，是"，把我震了。真不知这么小的孩子哪儿学的，以后还了得？等着吧，将来不是狼吃羊，是人把狼啊猫啊狗啊猪啊狐狸啊老虎啊狮子啊大象啊统统吃得一干二净呢。

白云苍狗，历史无情。

心中有母亲，母亲永远活着。

母亲的容颜

2020年2月7日母亲大殓，3月11日骨灰安放，传统意义上说"入土"仪式完毕了。由于疫情的原因，我最终无法赴港瞻仰母亲最后一面，哀痛中完成此文。汲取历史经验，可避免更多曲折，无论公共卫生事件、天灾人祸，抑或走过的弯路，回眸应会有所启示。历史无论多少页，总要翻过去的。当然，翻页不等于忘怀。揪心中度过不平凡时刻，省文自缢焉。

陈钢（作曲家、小提琴协奏曲《梁祝》作者之一，2017年中国文学艺术界联合会终身成就奖获得者）：

一位伟大的妻子，伟大的母亲，忍辱负重的革命者，永远怀着善良的心，亮着一双美丽和警惕的眼睛。何映安息！

刘念驹（作曲家，时任上海市文化局局长）：

伟大的女性驾鹤西去，为她送去人生落幕的崇高敬意！我敬重她是因为她随夫君走过了极为艰难蹉跎的岁月。几十年如一日，默默地付出对家人的支撑和爱！

向阳（公关策划人）：

她是一位传奇妇女，用我爸的话说，是我们这条人才辈出的弄堂里最有骨气的女人。这条弄堂里的家家户户经历了无数打击，一名妇女能被我爸这种桀骜不驯的人称"有骨气"，多么了不起。我母亲至今坚称："你们陕西坊的人装腔作势，只有何映不虚伪。"

我一直记得自己生病她就来给我打针。她不是那种有耐心哄小孩儿的人，但她有种威仪让我觉得不可以哭。这位嫁给大音乐家也培养了大音乐家的妇女，是即便性命攸关也面不改色的人物。

那些背脊笔挺、灵魂闪光的人物都走了。我觉得她这一生传奇而完美。曾经受过多少屈辱，日后就有多少荣光。今日你飞天离苦得乐，我们在人间纪念你的传奇。

沈培艺（舞蹈家）：

纵然心里万般不舍，老辈们还是排着队上天国！想念他们，无限哀思！

张艺（指挥家）：

伯母永生！

一

2020年1月10日上午，我在广州参加天津茉莉亚学院会议。中午突然感觉自己应该马上赴香港，母亲卧病数年，濒临油枯灯尽，已在医院昏迷近一个月了。我迅疾抄起行李，在天津茉莉亚学院马拉先生的协助下，连滚带爬跳上车就往高铁站赶，到香港医院已近黄昏。

母亲容颜已黯然颓去。她神情早已翔飞，气色沓渺，呼吸急促，肺功能衰退导致她呼吸困难，这是母亲一生中呼吸最困难的时刻。她已一个月没有睁眼。我大声在她耳旁说："妈，我来了！"姐姐也在她耳畔说："妈，小毛来了！"……

一个月没睁眼的母亲眼皮须臾颤动，眼泪渐从她眼眶中溢出，母亲在等待！我多么希望母亲能睁开眼再看我一眼，最终我还是没见到她慈祥善美的双眸，只见泪水从她眼角不停地溢出。即使在最后时刻，母亲依然心明如镜，儿女说什么她都知晓。我猛抬头，病床贴的指示牌竟是"最后护理"。我深知大势已去，中午倏然而至的心灵感应如此准确，缘于母亲六十年对我的慈祥与关爱。兄弟姐妹已全部到场，大家知晓，东风无力唤回，母亲再也不会回到儿女的身边了！

我一直拉着母亲的手，感觉她呼吸逐渐平静，面色开始泛红，似乎在好转。氧气量已开到最大，护士示意家属离开病床，是更换内衣时间，但家人离开病床不到两分钟，母亲倏停止了呼吸。儿女未至她决不放弃，尽在身边她仍不走，怕后辈难过；一旦亲人短暂回避，她立刻选这个时刻离去。不可思议的生物钟，这是伟大的母爱，我心痛如绞！

细望母亲最后的容颜，我深感世上再也没有冷暖与春秋。母亲面容安然，从容中带一丝端丽，又略有一丝遗憾，似乎在告慰人间：自己尽力了。我们陪伴护理人员将母亲推送至太平间门口，母爱无边，悲情所寄，深深向遗体三鞠躬，从此作别天地，阴阳两隔。

二

母亲年轻时学声乐，艺术鉴赏力很好。我小时她常在一楼带唱机的大收音机里放肖邦钢琴练习曲的唱片，是一位波兰女钢琴家弹的，母亲酷爱《E大调练习曲"离别"》；或阿瑟·鲁宾斯坦弹的拉赫玛尼诺夫《第二钢琴协奏曲》或《帕格尼尼主题变奏曲》；要不然就是托斯卡尼尼指挥的贝多芬《第九交响曲》。她常把音量开得山响，带领我到二楼去听，一楼成一个大共鸣箱。这些唱片二十世纪五十年代由父母从香港带回内地，后流失很多。几百张唱片，找回了三十几张，只有一张原属我家。原来，上海被处理的唱片都按各区堆放在一个大仓库里，找还时给每家发点儿了事。母亲看半天怎么都没找到那几张 RCA Victor（就是一只狗看大喇叭的那个著名品牌）唱片，却尽是 CCCP（苏联唱片公司，我家没这类唱片）质量较差的出品。父亲啜嚅地说："有几张给儿子听就行了，当天上掉下来的吧！"母亲很怒，但也没办法。她这辈子从不求人，但为了我学音乐，她破天荒拉下脸请香港的老朋友、摄影家陈建功寄几张唱片来沪。一个月后，收到陈先生来信，说"已寄出"。全家高兴了半天，母亲望眼欲穿，但仍杳无音讯。几个月后，家里收到一张海关通知——"香港寄来的物品原货退回"！

母亲当晚匍匐一夜于缝纫机前，在黯淡中屏息织绣了整整一幅大床罩。我想，母亲绣花时心里一定激荡着拉赫玛尼诺夫的《帕格尼尼主题变奏曲》中那段悲怆的降 D 大调旋律。多少年后，我回家只要弹琴，常演奏肖邦《第三钢琴练习曲》，是弹给母亲听的。每次她都默不作声，双眸遥望窗户外的远方。当年的回忆，伴随汹涌而至的情感波澜。

母亲曾是一名缝纫机绣好手，几十年后，唯一见到的母亲当年为养家糊口绣的枕头套，是单色机绣。她织绣的许多全彩复杂图案，清扬婉兮，工细如神，永远见不到了。这幅绣品约绣于1970年。

小时家里还有一套日本作曲家团伊玖磨的歌剧《夕鹤》唱片。团伊玖磨现在听很悦耳，小时听，78转唱片的嘶啦声加上日本女高音技术不咋地，像鬼叫一样。日语大约是世界上最难接受的语言之一，咏叹调用日语唱，简直无法忍受。"阿里阿多、瓦达西哇"放在歌剧里，一咏三叹、死去活来找位置发声，简直滑稽透顶。

母亲吓唬我说：

"你不好好弹琴呢，我就放'鬼叫'唱片啦。"

三

我从小酷爱音乐。那时母亲带我去看苏联电影《天职》，我学电影里的阿廖沙，想当音乐家。哥哥"咽咽呜呜"地学拉小提琴，老师是上海歌剧院拉合奏的许先生，我们叫他"许老头子"。许先生性格狷介，人并不老，很瘦，像株开不了花的腊梅枝。演出时他西装领带一扮，走路似水上漂，是很高档次的"老克拉"。但学音乐不能强迫，不知为什么，哥哥就是不爱拉小提琴，整日"吱吱嘎嘎"像杀鸡，鸡好像都在提抗议。许老头子没辙，常苦着一张脸，操着江淮特色的嗓音呵斥哥哥：

"侬哪能格能尬样子拉琴呐？要用功晓得哇？！"

父亲则越来越生气，脸色愈发难看起来。有次他终于忍不住抄起一把凳子打哥哥，把凳子腿都打断了。哥哥号啕大哭，记得母亲像苏联电影中高尔基的外祖母一般挺身而出，流着泪冲父亲大叫："你先打我吧！"

父亲对我不一样。他似乎预感将来我会继承他衣钵，经常开学习小灶。家里书多，"书"这一个字就是他亲自教我的：

"古时'書'字这么写。你看，像不像一堆书叠在一块儿！"

有次他下面条，过水时把一碗沸腾的面汤往外一泼，正好全倒在我手上，烫起个巨大水泡。我是家里小霸王，正好找机会散德行，就哇哇大哭。母亲心疼得不得了，一连好几天给父亲脸色看。父亲其实很少做饭，那天想表现一下，没想到以后整整一个星期，他只好天天向母亲和我赔笑脸。

四

父亲青年时代是位俊朗的美男子，周身闪烁倜傥婉转的风华。他漂亮的双眸亮闪着经国济世的雄心和高迈隽永的抱负。

历经风雨几十年，最终父亲在上海音乐学院离休后，携母亲重返香港，老黄牛一般重操旧业。1986年我第一次参加中国音乐家协会代表团赴香港开会，父母都到九龙红磡车站来接。我下车第一眼就见到母亲，她脸上洋溢着从未见过的笑容。母亲领我坐地铁到湾仔站，说：

"你看，'湾仔'这两字多漂亮！你的音乐应这样帅！"

确实，绿色金属背板上，黑色"湾仔"两个毛笔字雄浑苍劲，我第一次认识到书法的魅力——大气磅礴。

父母在香港忙到1997年。该年4月，父亲从香港的玛利医院回到上海。玛利医院给父亲判了"死刑"：在打开腹腔后，发现胰腺癌细胞已扩散转移，打开的腹腔又缝上了。父亲终日心绪戚然，他知道自己病情，踽踽西行之日不远，人生聚散无常已谙，心中楚痛一定无法形容。通过协调，父亲被安排到上海一家著名医院继续进行保守治疗。为行动方便，我们全家把一楼客厅改为父亲的病房。

记得二十世纪七十年代，父亲在电视里看见乔冠华，曾说：

"我年轻时见过他。"在他卧病期间与他多次谈话中，我曾问：

"乔是有名的才子，你认识他？"我问。

"算是吧。"他混浊的眼睛里反射着往事的光芒，回答有点儿迟钝。

"当年你放着好好的音乐家不做，有名有利的，参加什么革命呢？"我满腹狐疑，在父亲刚发现不适，躺在香港玛利医院时我就问过他。

父亲沉默，猜不出他思索什么。回答时略有迟疑：

"我们这代人，不是你们能理解的。"

父亲为香港回归做出了贡献，但他竟然差了几个月，没等到回归那一刻。在父亲一生的最后两个月里，他一直默默无语，目光冷寂。偶尔开口，语言锋利如刀。此时他心境空漠，我相信他一直在回顾自己的生涯，结论也许令他伤感，委顿中他始终一句话不说，尘世风烟已看淡。因为吸烟，他云遮月的嗓子对母亲只说了一句："我想回香港。"

母亲绝非蓬蒿之人，她坚定地回答：

"有我在，你一定能回去。我一定带你回香港！"

五

母亲最终带着父亲的骨灰回到了香港。1997 年以降，父亲一直栖身于香港东南的歌连臣角山上狭小而冰凉的石棺中。石棺位于高耸的山坡上，悠远凝望，数不清的棺盒密密匝匝，排列在空荡荡陈列大楼每一层。歌连臣角山不高，泛青的苔阶却很陡峭，在攀越中心情愈发沉重起来。我每次来探望，极目瞭望，山气馥郁，南方耀眼的阳光下，万籁寂寥，卷入眼帘的是四周一山绿风。

陈列廊中，我瞥见其他棺盒上的照片，隐约感到他们都在焦急地等待自己的亲人，期待探望者之抚慰，深感环境之黯然。

这些逝者也许生前显赫，或源世泽名门，孤傲狂悖，或大隐于市。生前分高贵卑贱，死后个个平等，所有人都一样，零散装在这些微不足道的塞陋容器中。现今生者的人世间距离异常狭小，但天堂的空间逼仄亦复如此。照片上他们大而无光的眼神在年复一年的等待中黯淡下去，最终会有一天，永恒被人遗忘，彻底合上失望的双眸。

飒飒山风吹拂着父亲的石棺，犹如一卷风干的青史残页，飘荡在悠远的南天。香港的天空蔚蓝如洗，雪白云朵在宽浩的天宇间迅疾驰骋。恍惚中，我见到父亲忧郁的目光透过稀薄的尘土，默默凝视高远的苍穹。

现在，母亲大人最终也要来这里和父亲团聚了。曾经有过的绚丽极致，结局总是凄凉无边。父母耿介美丽的容颜，化作阳光潇洒的面容，在遥远的天际向我隐现。母亲健在家尚安，父母去，儿女只剩归途。母亲在艰难时的刚毅，是处逆境百折不挠的榜样；她对家庭尽心操持，是华夏善美明德之继承；她对世事的判断与处置，显示高智商高情商的人格魅力；她呵护儿女的成长，是人类最忠诚无私的爱。

白云苍狗，历史无情。心中有母亲，母亲永远活着。中国

百姓用他们各自卓绝的一生缔造了一部当代中国史，后辈无理
由不砥砺前行。在南方的粲然艳阳下，卓绝俊逸的空客 350，
昂然拉起超一流空气动力学的机身，载我飞回冰封万里的北方。

　　只有音乐能对生命神秘符号价值感知，而保其真正的价值精髓。茫茫宇宙中深藏不露的教义，大概能通过理想化的音乐展示给我们芸芸众生。

瓦格纳意志

巴赫音乐中无以伦比的结构

会激发每一个人对控制和张力的兴趣，

能使人对人类的内在力量、智力光彩

赋予更多的憧憬。

关于巴赫

巴赫画像

　　曾买过一张罗莎琳·特瑞克弹的巴赫《哥德堡变奏曲》唱片。
这是一张音乐加总谱的高科技产品（CD–Pluscore），出版于
1999 年。放在电脑上边听边看，我惊异人类对完美的追逐精
神犹如巴赫的音乐，层层递进，生生不息。如今电脑系统也体

现巴赫变奏曲的精神实质，在不间断的意念扩张和形式发展中取得自我肯定与完善。对于罗莎琳的演奏我没什么好说的，看屏幕中游标在乐谱上移动，赞叹中好像丢失了一些纯听觉上的快感。

对于巴赫这样一位人类音乐的精神领袖，其实说任何话都是不恭敬的。记得小时候弹巴赫是件苦差事，从小曲到二部和三部创意曲、协奏曲、英国组曲、法国组曲、帕蒂塔、前奏曲与赋格，仿佛一辈子都弹不完。事实上也弹不完。要是弹一首二重或三重赋格曲，没个把月时间，各个声部想要独立，简直是做梦。至于巴赫其他体裁的作品，弦乐、合唱、管风琴或其他形式的音乐，如各种无伴奏作品，都是以后边学边听到的。

我过三十岁才感到巴赫的博大精深。很少听到能真正打动我的巴赫演奏，直到有一天偶然听到古尔德——那位加拿大传奇钢琴家，他真正打动了我。那天我正在宾夕法尼亚州的高速公路上开车，电台里突然放古尔德弹的《哥德堡变奏曲》。我记得差一点儿把车停下来，太震惊了。我从未想到巴赫可以弹成这样，或者说本来就应该这样弹。从此开始听他弹巴赫，艰深的理智思维和丰富的情感开始在内心构架起一座座拱形桥梁，高度复杂而又极端清晰的思维倾向开始在心中占上风。不露声色，高洁与纯净成了那时对音乐的唯一追求。应该说，巴赫是在那时开始影响自己的，而造成这一影响的主要原因是古尔德，这位我当时并不太知晓的钢琴家。至今我仍念念不忘这位古尔德，只要有他的唱片，都要买下来。2016 年索尼唱片公司出了他的录音全集，"买下"他已经是件容易的事。

巴赫音乐中无以伦比的结构会激发每一个人对控制和张力的兴趣，能使人对人类的内在力量、智力光彩赋予更多的憧憬。有人形容巴赫的多声部思维近乎神学语言，是来自更高天国的精神启示录，与祈祷者概念非常接近，这是一种近乎崇敬的默想。我看巴赫却更平民化，他的音乐反映了他前人的成果，到他是这类音乐的顶点；同时又预示音乐以后发展的道路，因此他的音乐是十分入世的。他那些快速进行的旋律线，清风般掠过人们的心灵，循规蹈矩中激发了人们无数想象与叛逆精神；他那庄严的慢板，使人感到生命的有限，感慨喟叹中使人感到光荣与崇敬；而他最令人荡气回肠的音乐结构，却使人感到宇宙的和谐与心灵宏大之无边无际。感觉中巴赫应是沉重的，然而他的音乐却是人类有史以来最让人轻松而充满信心的，并且激动人心。这才是巴赫的音乐。

不久前有朋友问我，现在最想作的是哪种形式的音乐。我回答说，最想作的是"巴赫"。几十年音乐实践，各种音乐体裁形式几乎都试过了，唯独没试过纯复调形式的大型创作。现代许多音乐作品中贴进巴赫的片段，像在一件时装最显著部位镶上一块名贵的饰物，往往出人意料，但也常暴露出无法掩饰的浅薄。坦率说我很想这么做，但是不敢。因为没这样的心智。

我很钦佩肖斯塔科维奇在很短的时间内作出一本肖氏的《前奏曲与赋格》，据说他是为了回敬当时西方评论家说苏联作曲家"没有技术"。我过四十才写了自己第一部真正意义上的交响乐，我相信也会有"巴赫"式的内心召唤，能否出一本自己的《前奏曲与赋格》不敢说，但在生活及艺术积累中，我相信这种心态一定会到来。

门德尔松偶尔的黯淡，对听者来说，
是一种美德，一种崇高的品质，
更是一种智慧的蛰伏。

门德尔松及其他

门德尔松作《仲夏夜之梦》只有十七岁，我现在看他的乐谱仍觉得不可思议。除了"天才"，没有别的可以形容。音乐中的抑扬顿挫、神采飞扬甚至优越感，绝非语言可以描述。尤其那些快速节奏变换，其效果至今仍让人感慨他的聪明。

雅科布·路德维希·费利克斯·门德尔松·巴托尔迪，德国犹太裔作曲家，为德国浪漫乐派最具代表性的人物之一，被誉为浪漫主义杰出的"抒情风景画大师"，作品以精美、优雅、华丽著称。

我三十五岁以前很少听门德尔松，觉得他太浅，大约生活过于优越，奶油得很，音乐不很深刻。现在则全变了，觉得他真了不起，可以说是于无声处听惊雷，虽不是英雄般人生感慨，却是生命辉煌和心胸坦然的表露无遗。一年前买了阿巴多指挥柏林爱乐的《仲夏夜之梦》全本唱片，一听觉得自己以前真是愚蠢无比，这么好听的音乐居然就这么放过去了。

人对音乐的理解完全看年龄，十几岁时最爱贝多芬，那时刚开始面临社会，对英雄气质有特殊的追求，贝多芬无疑是最好精神食粮。记得那时天天听"贝五"或"贝九"，要不然《"皇帝"协奏曲》《"热情"奏鸣曲》，每天激动得死去活来，暗下决心将来一定要这么着那么着。现我已到了"将来"，既没"这么着"也没"那么着"，唯有点儿长进，大概是对音乐的理解深了些。不过也不一定，门德尔松后来的作品，能说比十七岁时深刻多少？这话我可不敢说。天才就是天才，庸才再折腾还是庸才，白费劲儿。

上大学时我对古典音乐的组织结构及构成方式下了工夫，但对其表达的音乐内容却兴趣不大。虽出身世家，却卖不出祖传丸散、秘制膏丹，也就是个"现代迷"，越邪乎越抽风越觉得了不起。

我曾写过一首《白色的花》，演奏会上把人听得不知所措。

大学时代的叶小纲

我上大学年代浪漫主义是种羞耻，自己有首《玫瑰》，是青春状态的某种暗示，因太"古典"不敢推出。中央音乐学院曾燃过一场神秘大火，我以为这些乐谱早已烟飞灰尽，没料日前在破纸堆中寻回这两首作品。仔细一看，《玫瑰》可比《白色的花》强多了。回眸青春，美不胜收。

门德尔松音乐最动人之处是他那浪漫激情非常精妙地装在适当形式中。美得如此纯净，如此洋洋洒洒，健康大气，没一丝邪念，确实体现了一种智者文明。他那灵感的节奏型，水银泻地般充满了你的心胸，会激起辉煌的青春律动；他清澈优美的旋律，让人在任何心境都能涌起对美好的向往与信心；他音乐中所流露出的典雅和优越感，可滤去尘世中的焦虑、不安和谨小慎微；而他高尚的音乐气质，使那些卑鄙、猥琐及贪婪无地自容。他的音乐是心灵的花园，是双眸前永远的烛照，是远离生涩糙砺而无以伦比的金苹果。

听门德尔松音乐我时常想起李叔同。李叔同在大红大紫时忽全身而退，不与这个世界较劲，不跟你们玩儿了！从此不再蹉跎岁月，成万世景仰的弘一法师。读他出家前的诗稿，只有感慨的份儿。如今门德尔松这类型作曲家也不会再有了，现在听当代作品，我常联想是不是大侃爷得道成了仙，剩下二把刀们在"鸡一嘴鸭一嘴"。

大师们的自傲，旁人是学不会的。至于大师的忧郁，就更没法学了。门德尔松偶尔的黯淡，对听者来说是一种美德，一种崇高的品质，更是一种智慧的蜷伏。

没有自由的灵魂，

音乐写不成那样；

无冲破一切藩篱的勇气，

作品不会有如此高水准。

人生第一课

肖邦画像

　　我常对学生说肖邦的前奏曲第一首是音乐人生第一课。为什么？因为太完美。肖邦不是浪迹巴黎上流社会的孤傲宠儿，而是才华盖世、严谨无比的创造大师。作为听觉艺术，音乐有无懈可击的结构才能芳溢百世，这是肖邦作品演奏至今的硬道理。

肖邦《前奏曲》作品第二十八号（共二十四首），完成于十九世纪三四十年代。其中第一首从分析角度称为"带扩充的乐段"。上句八个小节，属和弦半终止，下句原材料原地再出发，经和声离调推进扩充至十六个小节，再至属和弦，终止式完成后在主持续音上补充，包括对下属音的顾及，共十个小节，8+16+10，严谨到了家。

右手声部三个线条，显示肖邦的复调思维。左手分解和弦，可弹出三个音高层次。多声部线条交织，演奏不易。听现有录音，演奏最清晰的是波利尼，他携才华、创造力、想象力和严谨浪漫，音乐呈一泓清矍之美。

波兰后起之秀布雷查兹弹的这首也具特色，尤其最后乐段补充中的下属和弦，回主和弦时突出五音，属特为之。这首前奏曲别名《重聚》，补充十个小节材料"重聚"具有古典美学的心理归属。

不过将这首演奏雍容大度的属尼古拉耶娃，她速度从容不迫，音色凝脂般透亮。俄罗斯演奏家很多呈多血质，演奏什么都死去活来，她却例外。还有一位与她相似的孤傲钢琴家——尤金娜，苏联领导人默默地听了她连夜为他录制的莫扎特协奏曲。听得出尼古拉耶娃的内心冰晶般清凉，但我只有她的黑胶唱片，无法将录音转至手机上。

奇倔个性波格列里奇，他演奏这首几乎与所有人不同，小节中最后十六分音符很突出，音短，属刻意。他弹的第十二首《升 g 小调前奏曲》（俗称《黑夜骑士》或《决斗》），左手桀骜不驯，威风凛凛，骑士风范。这么多版本，我最喜欢这个现已是中年的波哥当年弹的《第十二前奏曲》的录音。

艾森巴赫年轻时的录音，自由速度随性的地方很多，用现在时髦话说属"油腻"型。他既无阿格里奇之疯狂，又没波利尼之清倨，更无波格列里奇之不屑。他弹的《第十六首前奏曲》倒独具特色，右手异常清晰，荡漾音场之上，想象力超群，和阿格里奇飓风扫落叶般相比，他没了阿格里奇那副狠劲儿。

久未见费尔茨曼消息，我买他的黑胶唱片是在三十年前，当时他是哥伦比亚广播公司（CBS）大红人，到处见他的演出海报，这张唱片现场录制，可见他当时多么火。第一首他与波利尼相同，右手大拇指声部很清晰，不像阿格里奇那般才华蜂拥而至，却将该声部湮灭了。艺术家冥冥中有定数，费尔茨曼的独奏生涯并未持续辉煌，他技术骇世，但艺术上并无奇崛之处。现在他有个基金会，在纽约教书。

无法回避阿格里奇。拉丁美洲"魔女"个性生猛，光辉灿烂。她录音一出来，把所有的优雅、矜持、雍容、冷峻、做作甚至油腻一扫而光，任何人都不能无视她的演奏，确实是百年不遇之奇葩。光她的速度，无法不折服。她弹的第三首《艺术之花》、第十首《飞蛾》和第十六首《冥王哈迪斯》，我还没有听到哪位钢琴家录成这样。

法国钢琴家弗拉索瓦的演奏奇峰异端，属不能不听之录音。他录音年代久远，讲究音质的发烧友也许顾不上了。

波兰钢琴家哈拉谢维茨把全套肖邦前奏曲录完，一生与肖邦拼了。他弹的前奏曲温润，人生况味十足，欧罗巴风烟似乎都在手下，或许与他人生经历有关。他与尼古拉耶娃一样，锐气自然逊于年轻钢琴家。

老顽童阿劳、无所不能的阿什肯纳齐（他弹的肖邦练习曲很棒）弹的《前奏曲》，演绎都属佳良。米凯兰杰利的肖邦《升 c 小调前奏曲》（作品第四十五号）弹得高级，不愧为钢琴大鳄，但该曲不在上述二十四首里。未知里赫特有无全套前奏曲，但不能迷信，他 1977 年在东京的录音，前奏曲弹得一般。

阿劳录音中清纯流露时很可爱，这点儿不太容易留意到。他是个小老头大孩子，音质时而飘忽时而凝重，偶露下俏皮，属十拿九稳型，但听不到像阿格里奇或波格列里奇那样极具个性的对比与速度。

安达弹的上述二十四首录音很好，那么早的录音仍音色剔透，属心高气傲、不鸟尘世那类型。"大黄标"艺术家确实高手如云。其中第一、第八、第二十三等几首弹得很独特。

亚洲钢琴家弹肖邦二十四首前奏曲的录音近年来有面世，如韩国的赵成珍和林东赫，硬着头皮听非难事。韩国音乐家近来进步大，与他们的艺术教育有关，但能否完全接受韩国音乐家的演绎，看具体个案。听他们演奏比看他们演奏感觉好，从白建宇到这二位，长相尜异了，幸好他们没有内田光子那副夸张表情，否则噩梦概率会高了。

这两位韩国钢琴家弹的上述二十四首前奏曲录音，个人特征并不突出。赵成珍与伦敦交响乐团录的肖邦钢琴协奏曲，演奏有说服力，但绝不像阿格里奇与阿巴多那版音乐似乎在燃烧。这二位钢琴家的灵动与光彩，包括技术，与郎朗有差距。

巴伦博伊姆是万能音乐家，他什么都弹，什么都指，什么都录。从贝多芬奏鸣曲全集到莫扎特、肖邦，以及瓦格纳歌剧。不知为什么我对他的演绎总提不起精神，听他的演奏或指挥，几乎没一张唱片能听完的。阿什肯纳齐弹的肖邦二十四首前奏曲称得上是一线录音，他也是万金油，什么都能弹。

肖邦的二十四首前奏曲曲式短小，却是创作百科全书，是作曲家内心最秘密隐私，涉及心灵每一个角落，也是艺术革新及匠心精神的明证。没有自由的灵魂，音乐写不成那样；无冲破一切藩篱的勇气，作品不会有如此高水准。

肖邦在他那个时代，在一部曲式、同主题单三中都做到了创新最大化。如第十八首《自戕》，也就是上下句乐段，后半句不光高度另启，还扩充到匪夷所思地步，可谓教科书级别。肖邦之后只有斯克里亚宾在小型曲式领域达到如此高度。听肖邦前奏曲第十九首《深挚幸福》，我想，心胸要有多么阳光多么坦荡,音乐才会写成这样?那些无才华、心胸狭窄再加上写音乐犹如挤牙膏般的作品都可休矣。

这些前奏曲让一代又一代钢琴家痴迷,估计全世界录音有上百个版本。有钢琴家在黄金时期录,也有在人生黄昏期重新演绎,但成熟、庄重、冷峻、典雅、雍容华贵、别出心裁、小开式调侃、另辟蹊径等,都没有青春勃发激情四溅的正能量演绎更能打动人心。由此来看,辉煌要趁早,否则来不及了。音乐史证明,涌现打败权威,风险优于安全,违抗战胜服从,实践刷新理论,四平八稳的作品、演绎和录音都会随风而逝,只有不畏风险铁了心出格的真正艺术高人才会笑傲回眸世界。

浦江日出澄色满天，

太阳在淄淄江水中融为金黄一片，

在意念铿锵铙钹声中，

眩色黎明在雾气弥茫中形成青年时代的梦。

瓦格纳意志

青年时代听过瓦格纳的《齐格弗里德牧歌》，宏大的铜管交织为作曲家精神世界抹上一层金碧辉煌的神秘色彩，让人昂首仰视，可望不可及。那时我常在黎明前凝立于上海黄浦江滨，想自己何时也能像瓦格纳那样造化出这样一片难忘的天籁之声。浦江日出澄色满天，太阳在滔滔江水中融为金黄一片，在意念铿锵铙钹声中，眩色黎明在雾气弥茫中形成青年时代的梦。

《齐格弗里德牧歌》使我彻底下了学作曲的决心，那年我整二十岁。后来我再遇到这张 CD 时微微颤栗：冥冥中我一直在等待与它再次相遇，激动得几乎打不开包装纸……《齐格弗里德牧歌》是瓦格纳写给妻子柯西玛的生日礼物，音乐中出现了作曲家少有的慈祥、感恩甚至悲天悯人式情怀。当然更重要是他一如既往绵绵不断、坚决而义无反顾的乐思。瓦格纳音乐体现出的强人意志，是音乐史上最值得书写的精彩一笔，如同古希腊戏剧和文艺复兴后美术，是人类精神文明的奇迹。只要对《齐格弗里德牧歌》中的复调交织稍有感觉，他宏大的内心世界仿佛就向世人微微打开一丝可窥之门，其思辨力量在不停顿的乐意中飞升翱翔到哲学意义的新层面。《齐格弗里德牧歌》是智者式爱情信物，但更阐明作曲家才是威风凛凛的艺术统治者。

中国交响乐舞台以前常演《〈纽伦堡的名歌手〉序曲》。该曲有英雄般的主题与华丽的配器，高潮时三个主题叠在一起再现，让人感到这家伙忒厉害，打遍天下无敌手。现在中国演瓦格纳多了，中央歌剧院演《尼伯龙根的指环》（以下简称《指环》）全剧，国家大剧院演瓦格纳剧，张艺指挥过《齐格弗里德牧歌》和无词版《指环》，北京国际音乐节上演全套《指环》和《帕西法尔》，上海交响乐团音乐厅演通宵音乐会版《指环》，马泽尔在北京指挥无词版《指环》……

瓦格纳音乐是令人心醉神迷的"毒药"，听，需要强大的心理素质，否则容纳不下折服后的雄心。瓦格纳奢华的生活方式、热衷绚丽丝绸和精美陈设、沉溺漂亮女性，和他音乐的精神其实风马牛不相及。路德维希国王酷爱他的音乐，最终成就了作曲家最大的历史功绩：瓦格纳塑造了德意志精神，为德意志矗立了难以逾越的文化高峰。

当然，演瓦格纳最大的障碍是演员难觅，对嗓音条件要求苛刻，抒情男女高音欲碰瓦格纳，结局一定堪危。瓦格纳永远是个让人心惊肉跳的名字。

我仅有的一次拜罗伊特之行不理想：座席无靠无扶手无走廊，显然瓦格纳想让观众持朝圣般坐姿；肉山般的特里斯坦与伊索尔德坐躺在地唱半小时，舞台美术乏善可陈，敞亮白光廖无创意，激情澎湃的音乐奏得昏昏欲睡。到目前为止看瓦格纳歌剧，基本是台上不如台下：表演、舞美、制作都不如乐池里传递上来的人类最令人神往而千变万化的声音。有些光怪陆离现代服装版瓦格纳，是想象力枯竭、创意上饮鸩止渴，犹如匍匐在巨人脚下发抖的侏儒。

我听瓦格纳最后一部歌剧《帕西法尔》，深为他思想上的飞跃和方法上的独创而感动。只有音乐能对生命神秘符号价值感知，而保其真正的价值精髓。茫茫宇宙中深藏不露的教义，大概能通过理想化的音乐展示给我们芸芸众生。

万物皆逝水，唯艺术永存！

马勒与余隆

马勒

我很少去现场听马勒交响曲，说不清理由，可能嫌他的音乐絮叨。不久前看一位小号演奏家模仿陈佐煌指挥马勒《第二交响曲》的视频，"哒嘎哒嘎哒"，笑疯了。马勒的神经质考验每一位指挥，陈佐煌中招在意料之中。

在上海看了余隆指挥上海交响乐团演奏的马勒《第二交响曲》，就我这对马勒心存戒备的人来说，是全新体验。余隆大气非凡，把那些小肚鸡肠、工于心计、势利浅薄的三流指挥的惯有之弊，包括马勒内心的纠结统统一扫而空，呈现了马勒应有的真性世界与指挥本人的宽博胸襟。

余隆这版马勒，"上交"乐队沉浸在理想般群体臆想中，难得。马勒作品在中国演绎，从未漫漶到此程度。阿巴多的马勒过于田园化，音乐梳理得滋润流畅；伯恩斯坦过于暧昧，有时将细节像把皱纹纸扯平了给观众看，甚至不堪也不放过——这与伯恩斯坦品性有关；卡拉扬气场过大，稍微有点儿做作，天国般神圣不可犯，其实不至于，因马勒是悲观主义者。我更喜欢布列兹的演绎——忠实于谱面，不拖泥带水。余隆给我的印象像布列兹：准确而毫不留情，不泛滥小感觉，直接砸你到极致。

马勒的音乐像失落的圣城或秘符，近四十年是乐界圣俗瞩目之焦点。绝美无双与绝望交织成宏大的圣辉与光耀，是尘世中人与上苍交流的坩埚。不管是指挥、演奏家还是交响乐听众，无数灵魂在马勒音乐中忍受失望与折磨，无可奈何地再生。

"马勒二"如"马勒一"一样，第一乐章的主题重复呈一种惊人力量的艺境标记。在余版"马勒二"第一乐章里，大提琴与低音提琴的动机恰当地表达了灾难预示，指挥拍子空前清晰并准确，弦乐队齐奏的渐弱控制及令人捉摸不透颠覆性句法，副部 E、C、F 大调等"鸡汤式"旋律，余隆处理得不似伯恩斯坦般煽情，仅点到为止，吊了半丝上天明媚的胃口，我认为非常准确。

第二、第三乐章，马勒在绝望的隐喻中浮沉，像昭示人升天后之境界。第二、第三乐章中的精灵般语境其实到了他《第四交响曲》才真正完成。晦暗的三拍子是马勒强项，令人回忆起外墙未清洁的维也纳百年高大建筑；神经质的弱奏柔若飘雪，仰视梵蒂冈大教堂穹顶壁画般遥不可及，令人联想音乐家在构建音响宇宙时处处留意天体星辰的位置。余隆未在马勒的信仰语义学中纠缠，他带一丝怀疑精神指挥"马勒二"这两乐章，并未夸张地投入启悟者般的神秘智性中。长笛、单簧管的三连音，力度控制令人信服，弦乐队奏"legato"（连奏）难度很大，但指挥调动了众多演奏家一起想同一件事，于是马勒的思想有了质量，更有了重力倾斜。作曲家的话语体系在考验诠释者理解天国的心虔志诚。

音乐不是听众难以吞咽并容易避开的丸散膏丹，对指挥真正考验的是第四、第五乐章。漠视马勒的企望情怀是否认人类对情感的深切需求，作曲家在最后两乐章中表现得魂不守舍，渴望救赎，蹒跚挣扎于神圣之门，犹如预言世界末日之前说"让逝者埋葬他们自己"。这两个乐章的时间之长与动态之大，让苦苦思索晚期浪漫主义与现代指挥之间的关系颇有难度。两位独唱演员冥想般的声乐线条支撑作曲家垮塌的精神世界，"你的痛苦绝非枉然"，无尽的歌词似乎要明证时间的力量。乐句绵延，象征勘破生死。余隆在这里表现了他的极佳修养与谦抑不矜，没让任何须臾使音乐失速。马勒制造的有序幻象——玄秘意念、神秘奥义、十维宇宙学、隐秘的过去、神迹在混沌中惊示，足以让诠释者体会他庞大的音乐结构，对生命转瞬即逝的本质产生关键性认识。

合唱部分的调性布局非常精彩，这是马勒作品中合唱写得最精彩段落之一。在余隆控制下，中央歌剧院合唱团表现极佳，我想合唱团的惊人进步源于该院前任院长俞峰的严格管理。马勒音乐从未达到布鲁克纳或贝多芬那样至上的神圣境界，但《第二交响曲》末乐章合唱仍为我们开启绚丽之门，漫浮着镶金边的玫瑰色古代奥义。马勒的音乐天国是凡人神话，这部交响曲近八十多分钟的音乐需要指挥家思路缜密、才智洋溢的布局与控制。余隆在第四、第五乐章里的表现极有敬畏感，他缜密链接那些一连串的刹那。在宏大深邃却又逶迤的音响冲突中，指挥家从一位桀骜不驯的体制内外管理兼修者成为忠实而能力超强的"上帝的仆人"。

余隆已到他出指挥成果的最好年龄，指大作品最佳时机已至。他平时只指挥一流乐团及一流作品，残的乐队不指，差的作品不碰，好鞋不踩臭狗屎。这对他指挥艺术精进起了大作用。他让更多的古典音乐神秘教义从欧美转移到现代的东方。在香港他指挥了马勒和我的《大地之歌》，在他棒下，香港管弦乐团的表现让人想起难逃一劫的厌世主义者们突破大地束缚，鼎日飞升，翱翔至金色至高源头的炫目明光，及远离喧嚣的精神圣殿，面对李白、王维等人高冷地睥睨絮繁的现世。我冲到后台对余隆说：

"格机结棍呃。"

（上海话："这下厉害了。"）

"孜伐？"

（"是吗？"）

他浑身湿透，谨慎略带喜悦问。

"格机真呃结棍勒！"

（"这下真牛了！"）

余隆脸上泛起真正发自内心的开心笑容。我第一次近距离见到他的眼神光。毕竟，离开管理的"酷嗜"与"执念"，指挥的成功是最高尚和令人亢奋的。指挥当然应与时俱进，但我认为，指挥的真正分量在于纷繁迷朦的尘世中对艺术的坚如磐石，毫不动摇。

西语说：All passes，art endures.（意为：万物皆逝水，唯艺术永存！）

暝色黯然路尽头，

人类向来世漫长的告别中，

唐·吉诃德惆怅孑偶的身影在历史中留下印痕。

唐·吉诃德与理查·施特劳斯

西班牙作家塞万提斯名著《唐·吉诃德》常在世界小说销售排行榜名列第一。作家带领读者进行了惊悚而神秘的荒诞之旅。当今世界，已没多少人在乎唐·吉诃德先生是否癫狂或愚蠢，却在为没有太多行为乖张或丧心病狂的傻子折腾世界而沮丧。从新闻角度看，无事件令媒体平庸；从艺术角度看，世界令人发指。因芸芸众生正常人多于疯子，而后者才能成事。

作曲家理查·施特劳斯的作品，指挥家都青睐，是古典音乐会的票房保证。与安排勋伯格音乐相比，安排他的曲目观众会踊跃很多。他的作品第一考验指挥，第二考验独唱、独奏家，从任何角度说，都是高难度的——表现手段、技术要求、无休止音乐高潮之体能、敏锐听觉（和声瞬间变幻）、多声思维（无

理查·施特劳斯

休止各类复调）、奢侈且有效之配器（指挥必须高强度照应总
谱要求的庞大的乐队编制）。如果是歌剧，制作方与表演者还
需适应作曲家颓废的思维与陈腐美学，维也纳人津津乐道的《玫
瑰骑士》如是。他的歌剧需服饰奢华、舞美金碧辉煌，否则又
会台上不如台下——与瓦格纳意义形同却两个极端——音乐如
此复杂多变，台上不精心雕琢，便与音乐绝不匹配——而人物
却在黯淡的烛火中跌向不可救药、令人厌烦的地狱或深渊。

　　理查·施特劳斯的音乐常是奢靡派对、暧昧聚会与上流社
会豪华客厅里不知所云的话题。为大提琴、中提琴与大型管弦
乐队而作的《唐·吉诃德》也许是个改变这类话题的作品：全

曲充满令人回味的精彩瞬间。令人惊异这位保守主义大师竟另辟蹊径，用交响变奏手法给听众带来诸多意外。他的交响诗《死与净化》《英雄生涯》《查拉图斯特拉如是说》《唐璜》《蒂尔的恶作剧》，为女高音与乐队而作的《最后四首歌》等，堪称音乐史上绝品——当然，绝品不一定全部都伟大。

理查·施特劳斯能满足相当一部分古典音乐听众的攀附心理。作曲家才华过人，乐思发展证明作曲家具有充沛的想象力甚至体力，听众几乎很难跟上他的乐思。他的音乐极少迈向一个既定目标，与精神崇高无关，与布鲁克纳的崇敬上苍或瓦格纳英雄创造历史观风马牛不相及。作曲家没有耐心将乐思高高在上地尽兴陈述，音乐发展点到即逝，常急不可耐地冲向下一个兴奋点。听明白他的乐思还真需要相当的音乐素养。他的音乐不是为普罗大众写的，而是为那些自诩音乐修养高深、装腔作势的"二把刀"乐迷提供谈资。从技术上看，作曲材料的纷杂化是他对古典音乐最重要的发展与革新；从乐思陈述方式看，他发展音乐的手法与德彪西和声语言一样，有鲜明独创性。

理查·施特劳斯的《唐·吉诃德》由于独奏与乐队演奏的高难度，常被视为"重磅"，为重要演出来安排。旅欧大提琴家王健五十岁生日时在北京和中国爱乐乐团及其音乐总监余隆合作，成功出演了这部作品，获得经久不息的掌声。温文儒雅的王健与艺术视野宏阔的余隆相得益彰，两人舞台上艺术互补——王健高音区音色的惊人洞见与余隆的高屋建瓴的处理在理查·施特劳斯的音乐造势中得到升华。指挥、乐队、独奏云合雾集，精神出世魂游不尽，音乐斟满结构晶莹的酒杯，壮志激荡艺术家的胸襟。"壮志"包括塞万提斯、理查·施特劳斯、余隆、王健与中国爱乐乐团全体演奏员，带领观众一起"追捧"人类思想驰骋的疯狂。

相比《英雄生涯》、《死与净化》或《最后四首歌》，严格说所谓骑士风格的《唐·吉诃德》主题写得有些随意，使所有诠释者不得不花十二万分精力来对付与精心处理。四六和弦的并行与调性随意转化，听惯理查·施特劳斯的人并不意外。余隆与王健通过诠释保持了音乐现场的演奏魅力，中国爱乐乐团的木管声部有非常好的音准，尤其那个著名的单簧管经过句，老范儿音响变成伸长脖子期待下一步还发生什么。

指挥《唐·吉诃德》最大的难度在于处理大提琴、小提琴及中提琴独奏（节奏自由）部分与乐队严丝合缝合作，但凡独奏稍有自由，与乐队超大量的复调手法吻合会极为困难，稍不慎就"错牙"甚至"翻车"。听得出余隆在排练时做了大量功课，王健的大提琴和中提琴、小提琴独奏，在与乐队多层次、多声部对抗甚至干扰时与指挥步调一致，显示音乐行进牢牢掌控在余隆手中。某种程度说作曲家简直疯了，写得太难，没有数十年事业追求的指挥或"老谋深算"的乐队根本拿不下这首乐曲。这也是该曲较难普及的重要原因。

理查·施特劳斯作《唐·吉诃德》时已写过五部交响诗、多部大歌剧，事业如日中天，名气遍及世界，想怎么折腾就怎么折腾。《唐·吉诃德》的十个变奏都难，主要难在合作，所有声部信息量太大。纵览全部古典协奏曲，没有一首有如此多复调手法，固该曲仍可称"交响诗"。真正考验是独奏（大提琴、中提琴、小提琴首席）与指挥的合作能力。与王健超高水平的发挥和中提琴首席桀骜不驯的声音性格相比，小提琴独奏声音略显黯哑，大概也与作曲家对独奏小提琴写作的吝啬有关。

余隆对"序"的把控天衣无缝，该序把全乐曲的主要材料及高潮方式都先现了——序弄不好就砸锅。余隆在第二、第五、第九变奏中把骑士意志体现得很坚定，他抓住序的高潮，第三、第七等变奏中的抒情段落，把音乐略微放大撑开，大抒情成了他的强项。结构解析能力赋予余隆处理黄金分割线的灵感，第十变奏的"Tutti"（合奏）感染力十足，音乐刹那间慷慨激昂起来，所有听众都悟到：骑士要离去了。

王健在第五变奏中喃喃抒情倾诉，令人心碎，内心孤寂，在突变节奏中固执老骑士的风范。王健当晚的演出几乎每个音都有极高质量，他的音色体现了乐者至善的品质。骑士溘然长逝时犹如旭日蒸腾朝露，灵魂被召唤。

塞万提斯是最有智慧的作家之一，词妙字秀，语言鼎鼐。时空无论多少次元，唐·吉诃德都是人类精神的文化符号。音乐虽不具体，理查·施特劳斯营造的表面世界却仍是真实世界，真理哪怕用最陈腐语言说仍是真理。他音乐的倾诉、刚毅、伤感、慷慨激昂甚至温暖仍是我们内心的软肋，这也是《唐·吉诃德》一直能演到今天的原因。音乐能启发无数迷失恐惧的心灵，音乐里有在职场中永不会遇到却最心仪的人，有藐睨一切的孤傲山鹰在苍穹盘旋，能目睹南太平洋跃出水面的冰雪飞鱼，更能让人罔顾生命之孤凄无援，参透生死与荣辱。

坚持演出人类精神文明伟大成果的音乐家与乐团值得尊敬与赞叹，哪怕他们像固执可笑的唐·吉诃德。暝色黯然路尽头，人类向来世漫长的告别中，唐·吉诃德惆怅孑倨的身影在历史中留下印痕。

古尔德奖被称之为艺术界的"诺贝尔奖"，
致力于奖励为人类生活做出特殊贡献的个人。

格伦·古尔德的艺术价值

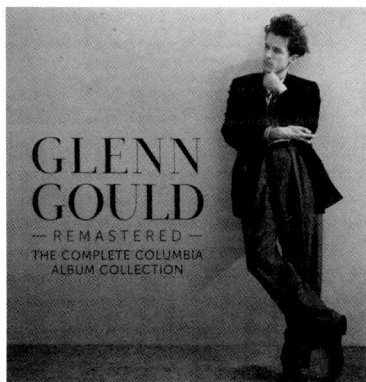

格伦·古尔德

才说难忘格伦·古尔德的演奏，未料收到加拿大格伦·古尔德基金会的邀请，担任 2018 年在多伦多举行的格伦·古尔德大奖评委，可谓有缘。

所知 2018 年的评委有来自好莱坞的作曲家霍华德·肖，评委会主席是美籍丹裔人维果·莫特森，他是曾获奥斯卡提名的演员、画家、音乐家、诗人。列在 2018 年候选人名单里全是超级大腕，评选谁？恐怕到多伦多才会知晓。这类评选与评委会主席之喜好或与今年的政策有关。在作曲家候选人中，有我喜爱的爱沙尼亚作曲家阿沃·帕特，美国的约翰·威廉姆斯、威廉·博尔科姆，芬兰的埃萨－佩卡·萨洛宁，波兰的克里斯托弗·潘德雷茨基，英国的托马斯·阿德斯等。

托马斯·阿德斯现在红成英国的骄傲，但我在纽约大都会歌剧院看他歌剧《暴风雨》时，看一半就撤了。他作品与指挥风格有点暴躁，好像全世界都欠他的。好端端花腔女高音，音乐写成那样，只能起身走人。英国音乐的从容、含蓄、教养及心醉神迷都不知哪儿去了？

英国当代作曲家乔治·本杰明、马克－安东尼·特内奇、詹姆斯·麦克米兰、西蒙·奥特、史蒂夫·马特兰德、约翰·塔夫纳、奥利弗·克努森等都很有意思，但也许对社会的冲击都没有托马斯·阿德斯大，现在只能眼睁睁看着阿德斯冲着观众撒野。

列在候选人名单里还有蕾昂泰茵·普莱斯、马尔塔·阿格里奇、小泽征尔、丹尼尔·巴伦博伊姆、普拉西多·多明戈、芮妮·弗莱明、希拉里·哈恩、安吉拉·休伊特、温顿·马沙利斯、安东尼奥·帕帕诺、祖宾·梅塔、玛丽亚－苦奥·皮雷斯、迈克尔·蒂尔森·托马斯、安娜·奈瑞贝科、杰西·诺曼、默里·佩拉西亚、米哈伊尔·普雷特涅夫、王羽佳等著名音乐家。

著名女演员梅丽尔·斯特里普、朱迪·丹奇，演员兼歌手芭芭拉·史翠珊，电影导演李安、克林特·伊斯特伍德，歌手贝特·米德勒、雷迪·卡卡、桃莉·巴顿，著名音乐家昆西·琼斯、席琳·迪翁，以及一些著名作家，比如《哈利·波特》作者 J.K. 罗琳，跨界艺术家、建筑家、舞台设计者、电影制作人、编舞家及舞蹈家，如米凯亚·巴瑞辛尼科夫等。

古尔德奖被称之为艺术界的"诺贝尔奖"，致力于奖励为人类生活做出特殊贡献的个人。该奖也是对古尔德的艺术成就和他对加拿大文化多方面贡献表示敬意。

多伦多之行可瞥当代文化思潮的价值取向，世界对人类文化现象的判断取舍，评委的艺术鉴赏和审美能力。我期望评出一些非炙手可热或无名人光环的文化大家。这奖对列于名单上的任何一人其实都不重要，仅仅是锦上添花。真正需要大力支持的，是那些有惊世才华却不为世界所知而勤奋努力的艺术思想者与实践者。

当然，证实组织者的卓越判断力是需要冒一定的风险的，而当年正是由于格伦·古尔德的反叛式音乐道路，为人类创造了难以逾越的艺术高峰与奇迹。这类评选经常毫无惊喜，我倒希望能石破天惊。

身形有西东，心性无南北。是皆曰是，明皆为明。吾此形骸，归必有所。有道者德，无心者通。遂在《大典》中遥望生命陨闪天际，睿智在黑夜中耀光，亲睹人性之迅疾坠落，聆听内心崩裂之声。绵延无尽的文字如此美丽，每个字皆可曰永恒之入口。

反复的隐喻

生命轮回，世事反复，

有机会，有积累，更是责任。

反复的隐喻

　　北京疫情反弹，又到艰难时。医护工作者、志愿者及所有奋战的人们刚略松弛的神经再度绷紧。在世间所有物种中，只有人类知道，生命诞生与湮灭是可知的，必须极尽所能保持对生命力的掌控。世界范围内的共识表明，地球生物圈将迎来极大变数，生命遇到前所未有的挑战。

　　恰逢青岛即墨音乐谷和青岛鑫诚创智文化传媒把新制作的歌曲《樱花满天红》音乐短片发了过来。《樱花满天红》是首公益歌曲，献给中国抗"疫"前线的全体医护工作者与志愿者，同时也是一首相对社会化的艺术歌曲。樱花凄婉，萧散容与；笔墨苍茫，灯寒梦远。新华社的播放数据——十多个小时点击量过百万，一首歌引发社会关注，对作者、诠释者及受众自然是有益的。

这版音频是重新制作的，源于对作品诠释的更高要求。人性的要求是无底深渊，世事本无完美。音乐的旨趣在于从重复的隐喻中获得新生，内心隐秘的渴望是世上可见之物，世人皆觉自己能做得更佳，热望自身变成经典，这是优秀音乐作品一再录音的原因。作品是思维与人格的有机延续，哪怕仅是妄言，也是心灵的一种治疗方式。

《樱花满天红》讴颂付出极大牺牲的中国医护工作者。泠泠管弦，静聆樱花飘落。既见君子，慨然歌之，是音乐家一份职责。创作一再濡毫，也许只为半丝调整，张立萍与薛皓垠完全没有以伪激情或陈腔滥调的方式去唱歌，重新录制的声音滤去了焦炙，透出一抹从容，阐述更隐蔽，艺术性突在前沿，表达深沉初衷，还原了艺术原本。大地悲怀，非旷土远音，是实实在在的真挚。万木云深，内敛为上。我想，公益作品切忌大喊大叫，否则易遭人反感。

人生抛物线，不可能永在顶端。社会发展亦如此，曲折亦必然。作品可以改之又改，直至完美，然又几乎无可能，所以人生有做不完的事。大"疫"当前，令人警醒。疫情再次提醒人们，绝不能松懈，需科学应对与重视。有说"少年听雨歌楼上，壮年听雨客舟中，暮年听雨僧庐下"，歌楼客舟雨没听到，却

《樱花满天红》录音现场

传来遥远南方洪水漫漶的消息，所谓祸不单行。人生与社会发展的路径常被现实的疾风急雨击成花瓣碎片满地，但仍需"砥砺前行"。

在人类所有艺术形式中，音乐最直达人心，寓意却最难把握。"音乐是否终极传达意义"的问题似乎很难捋清。幸好人类能歌，白纸黑字可直臆心胸，不带任何哲学包袱的机锋。疫情发生后，各地抗"疫"歌曲大范围产生，除却历史责任，也有盎然的雄心壮志在这历史机遇中辗转不停。当下，把歌放到网上，以飨听众，闻者能感诚挚与初心。毕竟，我们书写的是尘世的历史，论逆顺不论成败，论万世妄议一生，继续在红尘里履应尽之职，是不二的抉择。

生命轮回，世事反复，有机会，有积累，更是责任。除此之外，还有浩大的动态警醒与莫测的客观世界。最近之路途竟最遥远，竞奔彼岸一日如年，奋斗者仅匍匐在追求至高境界的浅层。

音乐是心灵烛照，是最好的魂魄刻画，
体现了喧嚣尘上中的宁静与悱恻。

不用体验我的人生

2012 年赴羊卓雍错途中

拉姆拉错，在藏语中意为"吉祥天母湖"，位于西藏自治区山南加查县，隐于曲科杰丛山峻岭中。

在藏民信仰里，拉姆拉错是灵验"神湖"，是格鲁派最重要的参相之地。观湖卜相，以受神示，寻访转世灵童步骤都需在湖水神秘启示下起程，透过湖光陌异神色明确方位与原则。拉姆拉错又是传说中圣者的保护神"吉祥天母"之灵魂湖。对众生而言，拉姆拉错之神秘，在于观湖者可见到自己的前生与未来。

自2006年应朱莉亚学院及钢琴家邹翔写作《纳木错》伊始，西藏九大圣湖的足迹我尚未涉的有色林堆错、拉昂错、当惹雍错及班公错。嶙峋无涯山中月，孤绝苍茫湖上风，感知神迹遍布的高原上空孤悬永不湮灭的金灯，睿智无上的炽烈之光，自苍穹俨然而下。

我音乐不在拉姆拉错追溯往昔，不穷自身未来，不探究生前之运迹，不憧憬来世福祸。东坡曾问诘："世事一场大梦，人生几度秋凉？"人世最大谜团，乃不谙何时而遁。东坡又自勉："万人如海一身藏。"故无需大白天点长明灯，人生嫣然直面。高贵终衰卑，聚集始离散，积攒尽枯竭。神山在天，江湖遥远，生死何须躯壳？睿智勘破万千尘世虑。

音乐家之人生经历与听众无关，即使他有最不堪之经历，万千坎坷，他仍以馨暖丰盈之音乐作回复。此生与音乐为伍，生命之旅已善。或悒悒而怨，或馨馨展颜，或栩栩再生，前世今生在神湖中无需闪烁，灵魂说离去就飞升，不屑悲凉，无需念想，更不必在晶冰微漪中苦觅来世芳踪。此刻，他正飞逸于浩渺苍穹之外逍遥复逍遥。

音乐是心灵烛照，是最好的魂魄刻画，体现了喧嚣尘上中的宁静与悱恻。

乐音可以寂寞，
但肯定不会只在宇宙中形影孤单地漂移。

仰望别处

西藏的时空逐渐平直，愈远则愈平。邈远之山脊线，尤感空间弯曲越来越大，九大圣湖皆大沉默，静寂得只能窥探内心之声。是纯粹狂喜？抑或是大撕裂？赴藏犹如生命渺小之陨石，盲目撞向雾气氤氲却不知命运的行星。

巴松错是例外，九大圣湖中，她海拔不算高（三千四百多米），却景色逸秀，僧炽俗烈，仰望天际线之耸然雪峰，微沁脱俗殊胜遥远。

巴松错湖心岛上寺庙巍峨，转经信众依然敬虔。林芝地势忽而开朗，恬静犹如瑞士，倏雪山峡谷，神秘的南迦巴瓦嶂索峰，真容鲜见。在巴松错常联想浩瀚宇宙是否会塌缩？险峻有边界，千峰万壑中一泓平湖。晶凛湖水从不形单影只，一旁

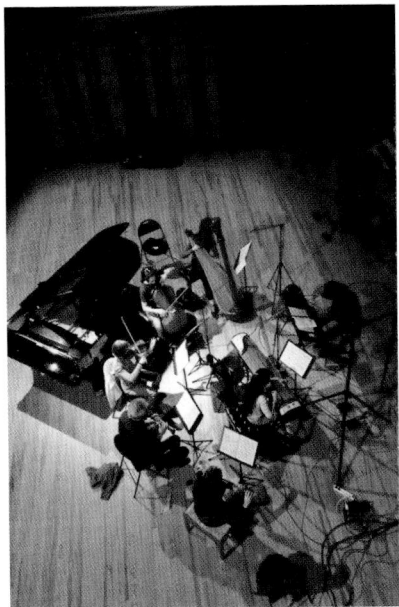

《巴松错》录音现场

就有海拔四千多米的思金拉错，人迹罕至的冰湖俨然在侧，轮回确证了大自然逻辑之必然。

　　古筝演奏家苏畅邀请我写《巴松错》，我将目光移向他处。音乐可以与圣湖寥远，冰寒湖水来自上万度高温的恒星，繁木盛林却源于孤绝浩渺的空间。天地间事，再睿智的灵魂都无法想象，眼见不一定为实。仰望别处，是人生新议题。

苏畅的古筝在《巴松错》演奏中，快速的经过句似乎要验证爱因斯坦之名言：速度能把时间放慢，乐音更不会因结构而纠聚。古筝与乐队之交融，似两列机车互撞，倏变成一艘帆船。她奏得得大自在，和敬清寂，温润浓郁却节奏准确，像电脑，毫无戾气，堪称氛围嘹亮。

什么样的音乐能穿透流水而轮回？音乐家欲奢望探索宇宙真相，那倒不必了。音乐非铂金，无需世事宠，人生苦短，继续任性吧。三观凌乱的艺术家，糟心社稷，受虐狂反称过瘾。世界原来春暖花开，矮子却居高临下指点众生怎么听音乐呢。

宇宙浩瀚，星云迅移。南迦巴瓦有时让痴迷者们等大半年才露真容，我第一次来巴松错时曾与她有缘——蓝天下刺目的雪山毫不吝惜展示她的高冷锋芒，令人怅感世界之神秘。音乐无用？庄子的意思是"无用才长生"，那就是真实世界的幻影了。欲解真如界，需破思想枷。音乐空间之大，常常被低估，其实大到简直不能相信如此广袤无垠。

法国南部维尔法瓦德农场录音棚，静寂安详位于森林中。到那儿录《巴松错》与《纳木错》，再好也没有了。此时恒星离我有多远，圣湖就离我有多远。在森林遥望星河，深悟物理空间比想象的要大得多。三维空间可以弯曲，思维有限亦无限，或说思想空间有限，却无边界。

青藏高原有数不清的圣湖，若为每个圣湖作首曲，风格奇思妙想，成一巨大艺术体量，就无暇世界爱不爱搭理了。数论上登临绝峰，存在与否不在于来世命运，虚质摆脱能获得沉实的意义。空间是什么？大约是数学，音乐可用距离测焉。

乐音可以寂寞，但肯定不会只在宇宙中形影孤单地漂移。

前有千古远，后有几万年。

戊戌新声

戊戌伊始过于忙碌，未撰小文。其实有作品完成，是为广东新兴禅宗大典《六祖惠能》所作之音乐。主题歌《尘埃何处》已录毕。农历新年暇凑数笔，祈望歌声能为春日带来心静与宁安。

佛法中新年实为提醒，一切皆无常：时空可以弯曲，地平线抑或倒悬，沧海逆横寒流，宇宙却愈加柔软。信念随心灵在永恒时空中飘移彼岸，环宇凛冽，清澄无埃。风盈幡寂，形无所相。驭量子飞舟渡，无往而不至罢。

新兴《六祖惠能》演出在惠能大师诞生与圆寂地举行，有当地政府发展经济与传承文化之考量，也确表明当前不能失去支撑社会的精神结构。惠能大师以一介平民智慧，见性深透，应《金刚经》之"应无所住，而生其心"，靠自身理论思维能力，遂成禅宗大师，影响中国社会一千三百余年。

"仁者心动"，惠能大师"顿悟"修行观，"自度"解脱观，是普通民众思想解放的重要成果，是印度传入东土佛教之中国化。般若智慧，金刚不坏，广度有情，流布未来。

《六祖惠能》演出已始，观众甚广，却是社会中沉默的大多数。他们亲鉴信仰明证在艰辛中隐忍，目睹善良灵魂在吟诵中躲避伤害，俯瞰唐代近乎奢靡之繁腴，瞻仰智者坚笃力拒浮华。惠能从云浮始行，最终回至故土，犹如清矍溪流潺潺于门扉，却涓涓绕于后楹，时间河流回返本来处。观众感怀空间漫长之静寂，双眸满溢褪色之宏阔，体悟生命结实之虚无。

身形有西东，心性无南北。是皆曰是，明皆为明。吾此形骸，归必有所。有道者德，无心者通。遂在《大典》中遥望生命隅闪天际，睿智在黑夜中耀光，亲睹人性之迅疾坠落，聆听内心崩裂之声。绵延无尽的文字如此美丽，每个字皆可曰永恒之入口。

制作方对演出阐述，在于刻意创新、人文精神、学术构建、哲学思辨、艺术拉动文商之价值及美学追求。我对工作訾以为谨是缘分。

终能将惠能大师名句"菩提本无树，明镜亦非台。本来无一物，何处惹尘埃"谱曲。凌步云浮国恩寺，一山绿风中方知自己能完成此举。现场看演出的大众离席皆能哼唱几句，表明自己本来就属于平得不能再平民的芸芸众生。不似所谓"知识分子"或"有抱负阶层"随心所欲地愚蠢。但莫真悦，当生非生。

《尘埃何处》

光影掠过祖庭

时空穿越当下

昨日你与我共度

今夜我因你感化

风动幡动心动

顿悟开怀

禅域禅缘禅境

禅脉禅法

菩提本无树

明镜亦非台

本来无一物

何处惹尘埃

这首歌不是定稿版。其中"禅脉禅法"四字，与"顿悟开怀"四字未形成对仗，是略憾之处。敬请禅宗、传统文化及文学爱好者修改这四个字，我会再录一次，先行感恩，助者大德！

前有千古远，后有几万年。

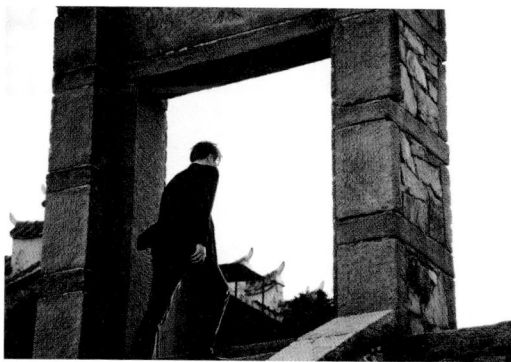

黄冈天台山

遥远不可能忘却，只是没想起来。

窗树摇影，林泉溅花，

经历犹如深雕的石碑，

日子终究会显示走慢了一些。

素手烹茶

《三迭——为筝与长笛而作》，第一稿写于 1987 年，为日本尺八演奏家三桥贵风与筝演奏家吉村七重而作，同年 6 月 4 日首演于东京"传统地平线"音乐节，我上音乐剧场舞台鞠躬。1994 年我曾请三桥贵风来北京首演《释迦之沉默》，三桥技艺绝佳，貌丰骨劲，气韵万千，在中国音乐学院交流时引起追捧。

该曲一直没有机会再演，妄谈录音，因为日本筝与尺八在中国不普及。本来也是个小曲，一直忙，也就搁下了。2009 年 10 月，西雅图"第三角"新音乐团开我室内乐作品音乐会，美国长笛演奏家与中国留学生要演奏这首乐曲，我把《三迭》改成长笛与古筝版，演出受到很大欢迎。音乐的东亚标识鲜明，高难度的筝演奏引起观众的极大兴趣。

第一次与三桥贵风夫妇相遇是在 1984 年，在新西兰"亚洲与太平洋音乐节"及"亚洲作曲家联盟"大会上。三桥夫妇是日本音乐集团成员，演出三木稔的作品。他们技艺超群，是音乐节的明星。时正他们新婚燕尔，三桥豪气可鉴，吉村沐浴于一袭幸福的光环。他们很喜欢我在开幕式上演出的《西江月》，特来委约我为尺八与日本筝写首作品。这是《三迭》的缘起，至今有三十余年了。

"三迭"是个中国色彩浓郁的标题，实质却是一首无标题小品，典型的为当下目的援引过去。"迭"在此作变奏释，有个色彩性主题，漫不经心的乐思，行空拾翠。曲子现在听起来挺"素"的，没挖空心思堆砌。意念澹泊，素手烹茶，我喜欢乐思表述如斯。

《三迭》西雅图版衰减了东京版的凄厉，听上去古奥些，一抹疏秀妍雅。演奏古筝的是邓海琼，已是留学生中弹得最好的，但还是让我感到筝写得太难，类似物质匮乏年代却偏要去下馆子，有点儿"伤天害理"的意思。西雅图的微雨淅淅沥沥，望窗外一丛幽篁，秋叶静静淌泪，听排练急管繁弦杂梵声，竟有半丝紧张，坐冷西窗急雨。曲子最后还是拿下来了，合奏清癯疏冷，作曲、演奏与观众皆大欢喜。

机缘不由人，1994年后我只见过三桥贵风一次，他的曲目半旧半新，音乐毫无喧嚣恣睢，愈发朴厚遒劲，偶尔流露潜藏的不羁，气息透出富士山的高冷寒月。问候吉村七重时，他露出一脸中年惶惑，说：

"我与吉村已离婚了。"

他俩的温馨幸福状在我眼前倏烁，毕竟不是无话不言的朋友，没敢多问。传统器乐演奏家在日本生存不易，尽管三桥贵风非常著名。我感到事业风云与赫然业绩对三桥先生都不重要了，他与吉村七重千山万水走入人生关键一程，却放弃了。

竟是有缘，一年后，吉村七重随日本音乐家来华演出，我在北京见到了她。吉村衣纹跌宕，明姿雅度，绵亘温润教养仍在，但不见了幸福感。她面色依然月白，矜冷的眼神写满无字天书。演奏愈发大气，二十一弦筝在手下犹如万马驰骋，透出人生澎湃的不甘。寒暄时我只字未提三桥贵风，怕触动她心底的"黄连"。她一定觉得我是个腹黑老怪，狡狯知而不言。我竟有些心虚。

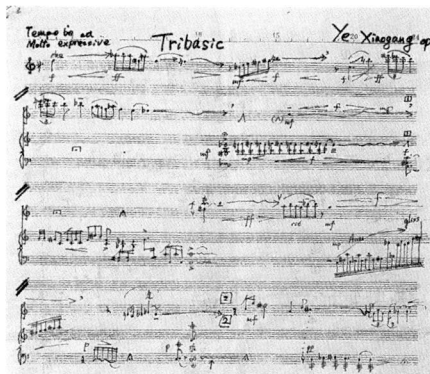

为尺八与二十一弦筝而作的《三迭》1987 年版手稿

三桥与吉村 1987 年住在横滨，2018 年我再赴日本时，特地又去了一次横滨。横滨湾明然秀丽，鸥鸟在空中聒噪，日晕透过薄云，鱼影波涛耀踔，前次横滨之行历在眼帘。犹豫再三，我没打电话给三桥贵风。人生都在追赶岁月，无暇歇欷，为了生命丰美，还是抛掷旧事，凝望苍莽清丽的遥远。

当年的《三迭》手稿已泛起岁月的黄沁，乐谱透着朦胧灵光，依然祥宁。我与三桥相约，去欧洲再录一次《释迦之沉默》的定稿版；若有机缘遇到吉村七重，我定濡毫，为她再撰一笏心曲。

白云苍狗，三十多年后，长笛与古筝版的《三迭》终在法国录音，尽管是个小品。萧疏闲冷中乐意渐敛，寻回失落的记忆，凝眸难忘的友情。古筝被冷艳欺雪的苏畅弹得迷蒙天光，湖色潋滟；法国的长笛演奏家米歇尔·拉维尼奥在专辑里录了两首长笛独奏。他们技艺与理解超一流。其中《十二月菊花》被德洛斯唱片公司（Delos）作为此专辑的名字。美国《号角》（Fanfare）杂志与亚马逊（Amazon）网站上有几篇关于这张CD唱片的五星级评论。

遥远不可能忘却，只是没想起来。窗树摇影，林泉溅花，经历犹如深雕的石碑，日子终究会显示走慢了一些。

音乐是对万物之美的诠释。举目万
里，却无路可行，只能走自己的路。一腔
潸然心境，终会下落芬芳。

冬之旅

绿衣馨清，鲜花五叶，世事婆娑。

婆娑即是遗憾，世事由天定，由它去罢！

一腔潸然心境，终会下落芬芳

2016 年 1 月 28 日夜，北京天空冻云弥漫，难见往日璀然人间烟火。众多关爱音乐的朋友来自各地，让自己沐浴到无上恩泽。无论长者或少年，所见尽是皓明晶莹之面容。年届八十的指挥何塞·塞雷布里埃心神气净，沉郁无言。他已不复当年之辉煌，乐团在他棒下艰难潇洒，但谁说生命中所遇不是上苍冥冥安排？尘埃遍地，老树凛然绽放绿叶，我体会到指挥内心的旷远与静寂。他指挥的《锦绣天府》，我相信还是触动了听众心底最温厚的情怀。

塞雷布里埃作为乌拉圭的国宝级音乐大师，不仅以指挥家的身份先后八次获得格莱美金唱片奖，三十九次格莱美金唱片提名，更以作曲家的身份几乎包揽了美国作曲界的所有奖项。

谭小棠的《青芒果香》，流光溢彩远甚第一次在国家大剧院的演出。对指挥而言，充满现代意识的繁复节拍，乐意的形色诡异，倏地飘然而至，或灵幻悱恻，不与现世嗔妄疏离，这是现代精神彷徨之写照。从技术到内涵，指挥已显然不能与之并驾齐驱。所幸他并未逼仄谭小棠与乐团的清定从容，芒果、桃子没有尴尬地翻倒，靠的是他的经验。该曲原定八月去苏格兰录音，指挥已决意放弃。我以为大智，对他愈发萌生敬意。

《青芒果香》需要一位对现代音乐诠释精准的指挥。绿衣馨清，鲜花五叶，世事婆娑。婆娑即是遗憾，世事由天定，由它去罢！

《小提琴协奏曲》，乐队演奏过于刚猛，指挥显然对东方佛像洞察万物神情与神秘莫测之微笑无法理解，所幸陆威演奏仍弥漫出一阕灵光闪烁的精神寄存空间。他在德国担任乐队首席多年，但中国式的心灵跋涉一点就透。若换一位西方演奏家，音乐兴许面目全非？一神之下，苍生无别。音乐家注定一生明光，彼此不会擦肩，却倏而结伴。

一周前我和陆威与柏林爱乐乐团演《岷山无语》，没有指挥，诠释极具深意，期待再次远行。

不少朋友喜欢《冬》，坦率说《冬》演得最差。《冬》也许需要德国式的乐队声音，恕不赘述。演出结束后，我迅疾迈步后台，与1983年心高气傲的自己击掌，和1998年高冷寒峻的自己相拥，向1998年意气风发的自己互贺，朝2016年持重谨慎的镜中自己相视一笑。

音乐是对万物之美的诠释。举目万里，却无路可行，只能走自己的路。一腔潸然心境，终会下落芬芳。

写《小提琴协奏曲》时的叶小纲。沿长江出川，那时就深度感受了四川

从远古遗迹到近世人文，

从烟远山峦到浅滩激流，

从醇酒到美食，

难怪有"老不出川"一说，

在那儿太"巴适"。

哥斯达黎加

2016 年 12 月 2 日，指挥家何塞·塞雷布里埃指挥哥斯达黎加国家交响乐团在哥斯达黎加共和国首都圣何塞举办《中国故事》音乐会。我因为参加文联会议，无法成行。从旅行者的角度说，有点儿可惜。

不能亲临排练，演成什么样，操心无用。指挥塞雷布里埃大师近年来热衷于演我的音乐，哥斯达黎加的音乐会是他一手促成的，这也是我的音乐第一次演到了中美洲。

参加音乐会的中方演奏家有：竹笛演奏家李乐、二胡演奏家杨雪、琵琶演奏家刘凡赫。他们都曾是中央音乐学院的高材生。李乐曾参与了我所有《中国故事》的国外演出，精湛技艺让国外管乐声部演奏员刮目相看；杨雪曾赴英国与伦敦皇家爱乐乐团录《第三交响乐：楚》，两根弦的二胡让英国弦乐家啧啧称奇。钢琴独奏是旅居美国的哥斯达黎加著名的青年钢琴家塞乔·桑迪。

塞雷布里埃喜欢《锦绣天府》，现在有机会他就在世界各地演这曲。音乐本来是为电视画面而作，没想到老头很喜欢，属无心插柳。几天前张艺在天津也演出了该曲。音乐对四川人文风貌简约轻描数笔，指挥很省心。在音乐厅我就琢磨，这可是作曲省力的好方法！有时玩了半天命，写出来乐评家不吭声，没准儿是听懵；有时轻松抹几笔，却被誉为大作！真是邪门儿，作品出来后，常由不得自己。

《锦绣天府》是《四川音画》的一部分，是四川爱乐乐团委约作品。为此我曾多次赴川领略天府国之丰腴。成都平原精致到了无以复加，从远古遗迹到近世人文，从烟远山峦到浅滩激流，从醇酒到美食，难怪有"老不出川"一说，在那儿太"巴适"。有"成都人不思进取"一说，确实太安逸了嘛，格老子进取啥子晒！

塞雷布里埃在圣何塞还演出我为电影而作的《生命如歌》。该曲近年演出不算少，不久前还去英国录了音。回首以前创作的影视音乐，我发现一个音都不用改，直接上台演就成。

另一个作品《星光》，为2008年北京奥运会开幕式创作，近年来国外演出多次。有次在西雅图，观众鼓掌的时间比演奏的时间还长。这是典型的"主旋律"，按张艺谋导演的要求，要表现中国的"温暖、大气、包容、美丽，以及凛然不可侵犯之庄严"等诸多要义。我花了一个下午写了个三分钟的主题，交给负责电子音乐部分的邹航去制作。邹那时年轻，惴惴然，我说："你放心，肯定能成。"果然不出所料，送去没多久，张大导亲自打电话来："小钢，你介入最晚，但最靠谱！"该曲原定五分钟，张导说："能否变成八分钟？"我偷着乐呢。邹航问为什么，我说："我根本没费劲，就是估计他们需要的是这个。"——在此之前，据说已废了无数版委约、自告奋勇、自费投稿的这阕音乐。望着起立后没完没了鼓掌的西雅图观众，我心想，中国观众听惯了好莱坞"主旋律"，让这里的"老帽儿"也"尝尝"中国的"主旋律"吧！当然，心里还是蛮滋润的。

哥斯达黎加东临大西洋，西濒太平洋，美丽之至。那儿的人讲西班牙语。该国大使在北京还专门约见了我,非常高兴,大谈"中哥"友好。我哼儿哈的,自然连连点头称是。

拉丁美洲人热情奔放,估计李乐的双吐和单吐又要让中美洲的音乐家疯狂了。他的中国竹笛技术曾让底特律交响乐团、萨尔布吕肯广播交响乐团、伦敦爱乐乐团的长笛手——几名精壮汉子与两位中年美妇直接迷上了他。

塞雷布里埃对把握中国音乐的句法与呼吸已有很大进步,他本来就是乌拉圭之国宝。《号角》杂志评论他指挥《楚》时曾这样说:"中国音乐已经成了他血液中的一部分。"那这次就让观众去鼓掌,为中国音乐喝彩吧。

历史云烟过眼,

无法翛然尘世。

因为失败

西藏思金拉错湖畔

2019年5月31日,中国交响乐团在国家大剧院音乐厅举行《龙声华韵》——叶小纲专场音乐会,演出《我遥远的南京》《青芒果香》《峨眉》《西藏之光》等作品。

1937年南京惨烈城破,三十余万平民涂炭于入侵者铁蹄下。这是人类历史上最令人发指的罪行之一,让世界警醒。《我遥远的南京》是挣扎、抗争、泪怒、血诉,更多是警醒。谴责暴行,鞭笞冷血,批判麻木,杖棒浑噩窝里斗。不是说"把自

己的事先办好"吗？《我遥远的南京》作于 2005 年，那时我
在作品中已表达了态度。乐音森泠，曲意侠烈，音乐表述当代
意识形态。历史云烟过眼，无法翛然尘世！

《我遥远的南京》是为大提琴与乐队而作，作品题献"纪
念 1937 年在南京被侵略者杀害的三十余万中国平民"。1937
年的南京，是中国人心中永远的痛。记忆无法消抹，今日世情
险恶，只是提醒，勿忘曾经的屈辱！

大提琴家秦立巍，演奏中经常营造音乐内容与演奏状态之
间的表征世界，他的技术能力与产生的效应相关联是他艺术的
精华之一。得益于对作品的理解，他以往的演奏美感积累经常
达到极致。《我遥远的南京》对于大提琴家而言却是部"凶险"
的作品，与大提琴家是否心中气象万壑有关。中国音乐家在世
界上独树一帜，得益于他们身负的人文情结与历史崇高感。确
信秦立巍会再给观众一个令人折服的演绎。

音乐会作品是四个终端，不同规模的信息移动存储。《青
芒果香》的创作基于环保理念。音乐风华蕴藉，婉丽旖旎，语
意深邃难解。茵影婆娑，色光诱人深究，晦黯令人遐思，音乐
倏弥漫于东南亚雨林之悱恻。地球表面的植物，素绢千叶，浓

璀繁英，芳馨三千妆，四季终不老。若这些植物会思想，它们在思索什么？是投诉人类对大自然无尽的索取与荼毒吗？

谭小棠演奏过《青芒果香》，他的演奏不露声色，音色冰寒，自控能力超强，将漫漶于南亚的懒散情调之琴声抹上一层奇崛音色。在结构自律极强的现代音乐交织中，谭小棠的演奏是对廉价泛浪漫主义的果敢反制。

《峨眉》演出已遍及世界各地，传递出一种恬淡心境。蜀地峨眉，烟江叠嶂，远山透迤，秋碧传沁，日晕留下深不可测。下笔未必高古，亦非超脱，自己原本世俗之人，人情世态禅意噬骨。未诗酒狂游，矧三生薄幸，目澈天下事，糊涂至上。我推荐《峨眉》的演奏者陆威与胡胜男，他们既是夫妻又是情侣档，天资高积学养资深，台上弥漫着琴瑟合鸣的高迈典雅气息，令人遥想曲洋与刘文正《笑傲江湖》之合。"笑傲"仅心仪于世间文字。何为舒展？何为契默？更如何曲款通灵？窥陆威、胡胜男同台《峨眉》，可鉴。

《西藏之光》透递一缕高远气象。西藏水远天净，寺疏日明，藏黄的桑烟庆幸无云的苍穹降雨，脚下的大地沐浴千年的风。西藏绝非聒噪之地，不喧不嚣，时间轰烈而逝，质朴人灵魂永存。西藏给予的内心惊动不可言说，循智慧而去，沐万里寒光。

演唱《西藏之光》仍是石倚洁。他仪容威仪却不失清朴，现已有"中国第一男高音"之美称。其条件、方法、声音、表演、技术、语言能力已臻完美，是位敬虔的歌唱家。近年来他演得轻盈耀眼，唱得如煦春风，存在得让四下寂灭。想起他第一次演唱我的歌剧《咏·别》，已是近十年前的事了。

在唱完《西藏之光》后，石倚洁加演一首《圣山》。该曲选自我的第四交响曲《草原之歌》。喜爱他歌声的观众能一睹石倚洁桀骜磊落的草原之风。

相信生活中坚持某种准则的人一定会被所有正直的人尊敬。与阅者心心相印之日，便是心灵神秘揭开之时。

《光明行——为二胡与乐队而作》是我献给全中国人的礼物。该音乐励志，振奋精神与信心，望这首乐曲能伴陪你所有迷惘或困难的时光。

我坚信，聆听者一定能感动。这就是为您写的。与您共勉。

罗浮山下四时春，
卢橘杨梅次第新。
日啖荔枝三百颗，
不辞长作岭南人。

冬之旅

　　四月的德国依然漫天冰莹，精灵雪花般冬之旅仍在途中。我倏萌发该是再作一部中国版《冬之旅》之念了。

　　应余隆及中国爱乐乐团之邀，我的《大地之歌》已完成十一年，尽管有多次录音机会，国际演出至今很受欢迎，但尚未觅到最佳机会而拖延录音时间。

　　余隆曾携柯禄娃在世界著名的音乐厅巡演《大地之歌》，并携黄英与纽约爱乐乐团在艾弗里·费舍音乐厅演出此曲，创造了中国音乐创作与表演的奇迹。

　　令老外啧啧称奇的是，录音男神张正地用绝活录制的中国爱乐乐团与女高音路琦版《大地之歌》，每次在国外交流总引

中国爱乐音乐总监余隆是《大地之歌》创作的推动者

起惊叹,所有人都问:"这是哪个乐队?真棒!"

同名之作需要胆识与勇气。现在计划中已有《谜之变奏曲》《大海》《4´33″》与著名作品同名。

正摧心日卒地企图不留遗憾而苦心劳作,余隆与中国爱乐乐团又计划请我写首 *Also Sprach Ye*,中文名字是《叶问》。假若应允一定是胆大妄为并一意孤行,因英语与理查·施特劳斯的《查拉图斯特拉如是说》(*Also Speach Zarathustra*)同名,遂惊出冷汗淋漓。

但若无此雄心，对不可抑制之自我挑战毅力是否蔑视？所有规则皆可成跨栏之杆，意识可以把暗晦地狱造就成璀璨明光之天国。

在德国则会萌生更多勇气，这里无愧为音乐王国。在美丽的小城锡根，演完几乎是我专场的室内乐音乐会，是另一《中国故事》的室内乐版。

德意志的音乐哲学是创新，任何回眸历史音乐表象均极难得到认可，无独创性在德国将遭受艺术界的致命批评。我庆幸有机会来此感同身受，甚至考虑在此尽可能多研习，艺术上的自我革新绝不可滞后。

在纽约曾领略约纳斯·考夫曼天神弃世般的《帕西法尔》，他音乐中的德意志精髓醇厚，桀骜不驯之才华与精通哲学之"神棍"，更像违背教义的慈悲天父。考夫曼演绎《冬之旅》（*Winterreise*）和《美丽的磨坊女》（*Die Schöne Müllerin*）极佳。

如果真下决心写中国版《冬之旅》（当然可用鲁迅或弘一法师的诗词，标题相应会调整），最佳演绎也许是石倚洁或沈洋。石倚洁塑造中国作品的男性声线形象已建立，"桃李不言，下自成蹊"。期望他了悟人间一切虚妄，内心清坦，歌出千万功德，向浩远人文目标前行。

张立萍的舒伯特录音演绎是近年来华裔歌唱家中最佳之一。路琦的《大地之歌》能录到如此水平，是张正地、中国爱乐乐团及歌者奇迹般的合作，以后也许再也达不到如此精准水平了。

历史会适时甩下所有无法承担的使命，无远大抱负之浑噩。惟乐是贤，作曲与演绎亦皆是修行，努力善焉。

能否继续冲过命运的湍急江流，
比舞更好看，比戏更精湛？人生如不如
戏，拭目待焉。

人生不如戏

子曰："广博易良，乐教也。"

多变的世界拥有凌驾于众生的整体法则，

但世界最大的力量却来自崇高的心灵。

焕之先生

纪念李焕之先生一百周年诞辰纪念活动在福州举行，我怀着感恩的心情赴会。回忆 1986 年中国青年作曲家第一次大规模亮相香港，是李焕之先生作为主席的中国音协主席团做的重要决定。当时对"崛起的一代"青年作曲家尚有争议，焕之先生以他的聪绝睿智，大力向世界推广中国改革开放在音乐界取得的初步成果，显示了他的远见卓识与包容胸怀。

焕之先生出生于香港，1936 年进入国立上海音乐专科学校，师从萧友梅博士。1938 年进入延安鲁迅艺术学院，同年加入中国共产党，师从冼星海学习作曲与指挥。1942 年参加延安文艺座谈会，1945 年加入华北文艺工作团，后任华北联合大学文艺学院音乐系主任，1949 年任北平军事管制委员会文艺组组长。中华人民共和国成立后，他先后任中央音乐学院音乐工作团团长、中央歌舞团艺术指导，1960 年创建中央民族乐团并任团长，1985 年任中国音乐家协会主席，1999 年任中国音乐家协会名誉主席及国际音乐理事会荣誉会员。

焕之老师给我留下的最深印象，是他的谦和与才华。他是萧友梅与冼星海两位中国音乐大师的学生，"上海国立音专"的严谨与"延安鲁艺"的革命文艺熏陶，使他成为二十世纪中国最具独特风采的作曲家之一。他极具音乐天赋，基本功扎实，音乐充满浪漫主义激情，在特殊的年代里聪慧而恰如其分地发挥了他的才华，是中国现代音乐史上最重要的音乐家之一。

李焕之十六岁时创作的艺术歌曲《牧羊哀歌》感情真挚，赤子之心与创意之心跃然谱上，是二十世纪中国最出色的艺术歌曲之一。延安的熏陶让李焕之彻底改变了人生轨迹。他积极投身革命事业，"鲁艺"的经历给予了他一生最重要的精神空间。环境改变艺术家，不能改变的人，最终改变不了世界。

焕之先生的书卷气，来自他的家庭，来自在"上海国立音专"的修行。他拥有一种不愿诉诸人的独孤气质，让他一生淡定从容。他工作上的原则性、执行力则来源于延安的火热生活。作为出生于香港的福建人，他很多作品更具浓郁的南方气息，而他一生最重要的作品《春节组曲》，音乐素材却源于北方民间，这与他在延安的奋斗有关。《春节组曲》现已是中华民族最宝贵的音乐财富之一，其中的中板拥有"四海一家"的抚慰性力量，温厚明朗的音乐似乎在思考中国人的命运。只有仁慈宽厚的心胸才会写出如此高格的乐音。

焕之先生扎实的技术功底使在他《东方红》的编配上大放异彩。1964年音乐舞蹈史诗《东方红》的序幕《葵花向太阳》，是他再次加入大型民族乐队后的产物，是感情与技术的集大成。陕北民歌《东方红》在这儿变成一阕庄严的颂歌，多声部合唱、和声、配器显示了他高超的技术与艺术触觉。合唱中单声与多声错落有致，西洋和声与民族音调妥帖融合，和声全部强进行，准确地表达了音乐的内容。大提琴与低音提琴的行进，可以说是二十世纪中国音乐最激动人心的低声部进行。《东方红》的配器，创造了中西大型管弦乐队互相融合互相交织的典范。在处理个性化民族音调方面，焕之先生过硬的和声技术与复调思维所表现出来的高超水准至今仍很难超过。他赢得了全体中国音乐工作者的崇敬。

焕之先生曾任很多行政职务。二十世纪五十年代末，考虑到民族管弦乐队如果仅存于中央歌舞团内，不利于民族音乐的发展，他亲自给周恩来总理写信，建议成立中央民族乐团。1960年经国务院批准后，他亲任中央民族乐团团长。中央民族乐团有今日，焕之先生的历史性功绩不可磨灭。

焕之老师为中国的音乐事业奉献了毕生精力，但也有曲折的经历。他编配《中华人民共和国国歌》的和声与配器，但以前出版的乐谱只在最后才用一行极小的字体标明"李焕之和声配器"。这个版本已用了近七十年！焕之老师创作这几首彻底融入中国人民生活与血液中的音乐作品，他认为"无上光荣"，因为真正的喜悦，完全不在于物质。假如那时有"知识产权"，李老师早已把属于他的"IP"完全献给了国家。有如此高尚的艺术家，是全体中国人民的福气。

焕之老师的遗憾，有他在延安首次给冼星海《黄河大合唱》配器的管弦乐版本的乐谱：1944年，"鲁艺"的歌唱家李丽莲将此乐谱带往"大后方"，但当时没有复印条件，连抄一遍的时间都没有，李丽莲带出去的是唯一原稿，却遗失了。这是国内第一部管弦乐版本的《黄河大合唱》。另一是他长达二十万字的《作曲教程》手稿，在战争年代竞相传抄中竟然渺无踪影。李老师提此常唏嘘万分。当年石夫、唐诃等很多人都因研习他的《作曲教程》而走上音乐创作之路。

2015 年我当选为新一届中国音乐家协会主席时，在第一时间想起了焕之前辈。没有他对青年后辈的照拂，就没有当年音乐青年的今天。我与焕之先生只有几面之缘——1985 年他首次为我撰写个人音乐会封面题字，1994 年我从美国回来后的首场音乐会，他登台致辞。二十年后我才知，当时焕之先生对儿子李大康说："此人有才，我要上去讲话！"他对音乐后代的扶持与帮助，我永远铭恩在心。

子曰："广博易良，乐教也。"多变的世界拥有凌驾于众生的整体法则，但世界最大的力量却来自崇高的心灵。《孝经》

1985 年，焕之先生为叶小纲首次个人交响音乐会题字

有曰"安上治民，莫善于礼；移风易俗，莫善于乐"。焕之先生以他高格之心、超卓之心，不光以他的作品奉献于世，更以他对社会的责任、对青年人的提携、温厚善良的为人处世赢得了崇高的口碑。焕之先生的作品完美地体现了他时代的意识形态，创造了他时代的经典。今天，音乐与宇宙的同一性似乎已不再推崇，我们只有创作自己时代的经典，才能真正传承焕之先生的精神实质。

亚里士多德说："音乐会让公民拥有高尚卓越的心灵。"1964年音乐舞蹈史诗《东方红》舞台，在周巍峙先生的主导下，采用大型交响乐队与民族管弦乐队混合方式，可以清晰听到民族弹拨、吹管及打击乐之金音闪烁。崇高的信仰仿佛在舞蹈演员们脸上溢出，她们个个美丽端庄大气，洋溢着泱泱大国风范，警醒着今天的梦中人，值得今日从业者好好学习。

而这一切，都源于李焕之先生伟大的作品——交响合唱《东方红》。崇高的音乐给予了人们伟大的力量。

对音乐家而言，人生没有最终的成功，更无致命失败。最重要的，是继续前行的勇气。焕之先生在浩瀚无垠的宇宙中凝望着我们。

像王毓宝那样优秀出彩的艺术家，

依然会出现在中国民间，

继续影响我们社会品行，

给予人间更多安详，

泽被苍生天下。

魅力王毓宝

《天津组曲》已在天津小白楼音乐厅世界首演，张艺指挥天津交响乐团演奏，此作品共四阕——《盘山天光》《杨柳青》《北塘暮色》《大沽风》。该曲创作有来历：我受邀寻访天津，从人文焦点历史区域到民间特色艺术小区。

第一组曲音录出来了：听上去可以跳芭蕾。音乐易懂，似天津民歌"串烧"，可属通俗交响组曲范畴。这作曲方式有效，屡试不爽。我音乐写得飞快，基本靠大学时代掌握的天津民间音乐，类似《临安七部》，江浙民歌集一打开，全是幼时唱过

素手烹茶

的。我对天津不陌生，天津话一点儿难不倒我。假如对天津民间音乐一无所知，那写起来就费劲了。若写《胡桃夹子》那类组曲，《天津组曲》就是。

几天前首演第四交响乐《草原之歌》，有朋友问："你怎么写得那么快？"写得快应该归功当年赵宋光先生送的《蒙古民歌精选99首》，早滚瓜烂熟。估计第五交响乐《鲁迅》会很费劲，那是心力较量，要花很长时间。

说天津民间音乐，不能不提王毓宝。她是中国曲艺界奇才，在京津冀影响很大。天津本地曲种并不多，有西城板、时调、卫子弟书、巧变丝弦等，但天津是北方曲艺的"水旱码头"——河南坠子、梨花大鼓、相声、乐亭大鼓、京韵大鼓、山东琴书、单弦、梅花大鼓、东北大鼓等在这儿交融会通。王毓宝1938年在天津崭露头角，七岁"走票"，十三岁正式登台，学过京韵大鼓，用心融合各类曲艺精髓，勇于革新。1953年她的《摔西瓜》让天津时调唱出了大气优美的新风格，从此天津时调获得广泛认可。

1972年我十几岁时在收音机里听过王毓宝唱的《军民鱼水情》，至今记得她激越豪放的曲调和极富音韵的咬字。到中

央音乐学院后，张鸿懿教授在课上介绍王毓宝，我认真学习了
她的唱腔，把其中著名唱段《踢毽》背了下来。组曲第三章《北
塘暮色》，我把整个《踢毽》搬了上去。王前辈也许想不到，
几十年前她的杰作，这么大地影响了一个来自南方的青年。有
今天的管弦乐，我非常感恩。

北塘位于天津滨海新区，自明朝初形成村落，迄今已有
六百多年历史，为明清海防重镇，自古兼鱼盐漕运之利。"一
个北塘镇，半部晚清史"之说是因为北塘炮台是被八国联军最
后攻破的。写《北塘暮色》是有感而发，遥望黄崖与独乐，心
境怅然焉。王毓宝唱的《踢毽》，高昂中透出忧郁，明亮里感
慨喟叹，幽默豪爽中窥半丝人生心酸，曲艺综合了天津本地的
"靠山调""二六板鸳鸯调""拉哈调"等曲调，以及其他地
区的如《绣麒麟》《探清水河》《叠落金钱》《十杯酒》《青
楼悲秋》等曲，表达了磊落坦荡、处世泰然的人文精神，很符
合天津人的个性。

天津自我认知起，建设新异，怀旧愈浓。天津卫不一惊一
乍，荣辱勿扰、从容过自己日子的人居多。天津交响乐团进步
飞快，乐迷热情有加，令人刮目相看。虽文化趋同或全球化很
难避免，但我相信像王毓宝那样优秀出彩的艺术家，依然会出

现在中国民间，继续影响我们社会品行，给予人间更多安详，泽被苍生天下。天津人从容淡定，乐观幽默，笑看人生的仁厚情怀，应该与天津文化有关。我很高兴有许多天津籍朋友，一句"哎呀，倒霉孩子，缺大德的来了哈！"一扫尘世之悒厌，让我们高高兴兴地来到天津。

感谢天津交响乐团的信任，《天津组曲》是献给乐团及天津人民最诚挚的礼物。

清清白白做人，

老老实实唱戏。

人生不如戏（一）

愤世者曰："中国文化就是扼杀天才的文化。"此言臧否，视时运而定。扼杀天才是所有武大郎店长之顽疾，荼毒才华俊逸，文辱苏东坡，武弑袁崇焕，帮凶佞人窃喜复逍遥，与猥琐共飨肆虐之宴；事后又恬不知耻笑靥如花，视卑鄙从未发生过。更有甚者，开个表彰会，把谬误与伤天害理做大做实。这是玩了千年的把戏，但仍抵不过已变成一门望尘莫及的艺术。

中国文化之强韧，又有其阴晴圆缺。幼时曾亲历"华东六省一市戏曲会演"，浩瀚之节目卷帙琳琅。江浙闽鲁赣皖戏曲多，有昆剧、甬剧、沪剧、锡剧、苏剧、扬剧、赣剧、湘剧、徽剧、吕剧、通剧、婺剧、丹剧、庐剧、瓯剧、海门山歌剧；有采茶戏、黄梅戏、莆仙戏、梨园戏、高甲戏、柳子戏、五音戏、淮海戏、柳琴戏、罗子戏、花鼓戏、大弦子戏、淮北花鼓戏、江苏梆子戏、海州童子戏、本帮滑稽戏、高淳阳腔目连戏；还有苏州评弹、宁波滩簧、无锡小调、绍兴大板、宁海平调、上海说唱、山东梆子、莱芜梆子、东路梆子、枣梆子、茂腔、松阳高腔、新昌高腔、肘鼓子腔、两夹弦、武林班、四平调……

源于浙江嵊县的"落地唱书"是越剧前身，二十世纪四十年代在上海称"绍兴文戏"，也有不屑者称其为"讨饭戏"。后经筱丹桂、袁雪芬、马樟花等演员与时俱进，拼出一片艺术空间。当时达官显贵夫人爱看越剧，又有市民称其为"太太戏"的。曾有政要力邀袁雪芬唱堂会，却遭性格刚烈的袁雪芬拒绝："还是让她来剧场看吧！"

二十世纪六十年代初的老上海越剧剧场里，很多观众是本地老太婆。婆子们衣着讲究，粉白黛绿的，手拿一块儿真丝帕子，或一袭绢本团扇。一边看，时而眉飞色舞窃笑偷乐，估计是回忆年轻时的风韵逸事；一会儿又抽抽噎噎地哭，丝帕巾左右手来回换，连揩带抹，大约想起自己姻缘背运不济，历尽劫难，有意思极了。

比起北方戏曲之黄钟大吕，南方戏曲婉转如莺。我曾观豫剧泰斗马金凤演出，只见老太太枝头傲菊般一声大吼，台上腾起一片尘土，气壮山河焉。豫剧在清朝时称"汴梁腔"，剧情主要是忠孝节义，德高云天。

越剧是才子佳人戏，拉弦打板，斑斓的戏衣，好看得很。二十世纪五十年代著名的戏是袁雪芬、范瑞娟主演的《梁山伯与祝英台》。范瑞娟有一副好嗓子，江南秀士般的风姿灿然，行云流水般潇洒，做派得体又大方；袁雪芬演的祝英台盈满虔心，全然大户读书闺秀，绝非装出来的。她的唱腔旋律委婉流畅，既华美又朴素，兼有阳刚之气，一派吴越江南的秋光之水，清远迤逦。

在该剧《十八相送》一场中，有段合唱中板："三载同窗情似海，三载难舍祝英台。"此时戏的悲剧氛围已预示，梁山伯心境怅然，完全靠单声部旋律的音乐。到《楼台会》那场催人泪下，声声啼血，一世别殇。恸切无告的祝英台，最后跳进了梁山伯的墓里。至今我仍记得那些曲调，音乐那么简约，真了不起。

幼时对誉传遐迩的王文娟的《追鱼》印象颇深。她可真的称得上是"眉蹙春山，目敛秋水"，文戏素净绰约，似一树柔媚的梨花，透着几波淡淡的烟水气，武戏飒然利落，满地旋子

"乌龙绞珠"，功夫可真不是吹的。

另一位越剧演员金彩风，是个收放自如的大青衣，一上台，满场惊风都是戏，就看她了。在越剧《红楼梦》中，她饰王熙凤，一出场皓眉四盼，齿白唇红，泼辣妩媚兼而有之，一声娇嗔念白："哎呀，我来迟了！"把所有人的戏都抢了。在《碧玉簪》中，金彩风把受气包李秀英演活了。《碧玉簪》的音乐与《梁祝》《红楼梦》不同，旋律绕来绕去很难学，学问大了去了。1978 年的戏曲电影《祥林嫂》中，金彩风和袁雪芬分别饰演青年与老年祥林嫂，艺术、学术大放异彩，谁也没有输给谁。

越剧在二十世纪五六十年代的繁荣，确实和一大批优秀演员有关：袁雪芬、范瑞娟、傅全香、尹桂芳、张桂凤、吕瑞英、戚雅仙、史济华、陆锦花、金采风、王文娟、徐玉兰、周宝奎……

在上海一次饭局中，朋友告诉我，金采风就在隔壁。我二话没说，冲进去对她说："金老师，我是您的戏迷！"金老师已高龄，衣着素瑾，但依然杨花入目，清然美丽，神情已渐渐翔飞，气色已无法掩瑜越剧前途之杳渺与凄凉。她不谙世事，只管演戏，但为中华文化做出了巨大贡献。我倏觉得人生其实大苦，眼眶渐湿，赶紧退了出来。能否抵抗衰落的艺术形式的文化与社会大趋势，美丽行将湮灭，人类是否会沉思一两天？

观剧，见百态人生。

人生不如戏（二）

　　前文说到越剧仅是才子佳人戏，也不尽然。我父亲叶纯之曾为九江市越剧团创演的越剧《林启容》作曲。他二十世纪五十年代挈妇将雏从香港回内地，无法施展抱负。我姑妈叶露茜给他介绍了这份作曲工作，时间在六十年代中期。父亲喜不自胜，终于可以"搞音乐"了。虽然父亲对越剧不熟悉，但他好学，夜以继日研习兼创作。

　　林启容是清代太平军首领，死后被追封为勤王。在民间传说中，林启容大兜齿、地包天、柿饼脸、蛤蟆嘴、朝天鼻、扫帚眉，钢须倒竖，二目凶火，长相鄙俗。他是广西人，是翼王石达开任命的元帅，洪秀全国舅赖汉英手下大将。头裹红布，身披赤袍，胯下黑马，手持铁鞭，彪悍矫勇，曾在九江大败清军，导致骑都尉塔齐布愤恨呕血而死，被湘军总头目——"知天文晓地理、明阴阳懂八卦"的曾国藩称为"好厉害的长毛"！

我没见到父亲作曲的这部戏演出，但一直纳闷善演才子佳人的越剧怎会演武生戏。后来猜想，九江越剧团也许是武生出色，如湖北省京剧院，朱世慧不光是院长，更重要是名角儿，所以常演看家 "丑角"戏。

九江越剧团的《林启容》形象却很帅，符合"农民起义军"的要求。演出很成功，九江越剧团很满意，叶露茜面上也颇有光彩。

父亲为排练，专门去了九江越剧团指导，还去景德镇买了一套福寿瓷器带回上海。福寿就是现在北海"仿膳"用的那种宫廷式明黄灿灿的餐具，精致的茶碗盖，气魄汤大勺，色泽玲琅，轻击如磬，简直是感官盛宴。二十世纪六十年代这是稀罕物，家里的吃饭来客无不啧啧称奇。

写了越剧音乐后，父亲对戏曲上了瘾。他常说："戏曲音乐学问大，有搞头！"我家邻居商周，是上海著名的沪剧导演，我们两家很投缘。在商导演"撺掇"下，父亲甚至还去工人文化宫导演了一场沪剧《王魁负桂英》。该戏出自明代传奇《焚香记》，晋剧叫《打神告庙》，川剧名《情探》，是一出很吃水袖功的折子戏。越剧《情探》里敫桂英的〔弦下调〕是傅全香的代表作，她唱腔的精品。晋剧与越剧敫桂英是自缢而死，沪剧里却是赴水而亡。

我记不清父亲导的沪剧《王魁负桂英》是如何结局，我记得去看过父亲排练，他正在给演王魁的男演员说戏：

"侬勿要觉得自己卖相好（上海话：长得帅），就老抢戏！"

首演在上海卢湾区工人俱乐部举行，敫桂英演得凄厉幽怨，王魁开场时捯着碎步上台，背对观众悠悠然唱道：

"更阑静，夜色哀，明月入水浸楼台。"只见他一甩长袖，再一转身亮相，"亢才"！潘安般的俊美，台下竟满堂彩！

我回头看了一眼父亲。只见他傻乎乎张嘴笑着，像个孩子。

以前越剧和沪剧在上海群众基础颇佳，很接地气，"阿猫""阿狗"都是戏迷。在我眼里，沪剧没有越剧迷人。越剧演员里，除袁雪芬是长脸形，"昨日一滴相思泪，今日方到腮边"，其余一个个都很漂亮。从音乐到表演，沪剧有股无法形容的市井气，哪怕名家王盘声、邵滨孙、杨飞飞、赵春芳，有点儿像隔壁人家的"老娘舅"或"过房娘"。有的演员市民气很重，像弄堂里拎痰盂倒马桶的"大脚娘姨"，一点儿神秘感也没有。丁是娥活脱脱是个"阿庆嫂"，在《罗汉钱》里精明又潇洒；石筱英的"阿必大"也是把绝活儿，她常演老太婆，有点儿像电影界"东方第一老太"吴茵，"老结棍呃"（上海话：很厉害），翩翩少年很难说会喜欢。

沪剧音乐相对简单些，渊源来自浦东本帮"东乡调"，清末形成"上海滩簧"，后变成小型舞台剧"申曲"。1941年正式改为"沪剧"。主要有长腔长板、三角板、赋子板、滴笃板加上杭嘉湖民歌和宁波、苏州滩簧等，易唱易学，人人都能哼几段。沪剧什么都敢演，古今中外，上天入地，毫无顾忌。我看过商周导演的沪剧《茶花女》，剧团当家大青衣饰演薇奥莱塔，只见她扮相恶俗，用上海话在台上贼忒兮兮说：

"哎哟展呃，嘎美丽呃玫瑰花！"

能把人乐死。

二十世纪六十年代中期，翻开上海报纸，只见大大小小民营沪剧团都在争演《赤道战鼓》。那时全国各地都在演《赤道战鼓》，海政文工团先演话剧，随之而来京剧、吕剧、豫剧、评剧、秦腔、婺剧、吉剧、淮剧都在演。可惜录音找不到，看剧照，气质及艺术造诣都非同小可，现在的演员估计都演不下来。

好景不长，平地一声春雷，再也开心不起来了。商周导演夫人姓朗，是湖州人，说一口好听的浙江味儿上海话。她是名人太太，平时穿戴讲究，打扮时髦，芳菲一荡，顶风香十里。那时，只要她一出门，就有小混混指着她骂："老阿飞！""阿飞"在当年是很厉害的骂人话。不过朗太太不吃这一套，"阿飞"就 "阿飞" 吧，老娘还没老呢！她毫不示弱，动辄与小流氓对骂：

"猪头三！侬就是喜欢着尖呃，侬嗬吾哪那！"（上海话：我就爱穿尖头皮鞋，你能把我怎样！）有一次吵翻了天，大动干戈，朗太太终于急了，她手往腰间一插，与这群小赤佬狠狠对骂。

如此沪上名媛，名导太太，逼急了也撒泼犯横，小流氓被震住，从此变得十三分分和鲜咯咯（上海话：二了吧唧），再也不敢难为她了。

父亲作曲的越剧《林启容》节目单和乐谱手稿在岁月中遗失，我再也没有见到父亲的这份乐谱手稿。印象中《林启容》

祖父（后右）、祖母（中）、大姑妈叶露茜（后左）、
父亲（前左）和小姑妈叶小梅（前右）

的节目单是明黄色镶嵌紫色花纹，很精美。总谱是九江越剧团油印的，因为是民族乐队，配器很多行，用简谱写的。越剧《林启荣》给我留下的印象只剩节目单、总谱和闪着釉光的"福寿"。"福寿"后来被砸得粉碎，那时没假货，碗盏屑片随着磬琴琳琅之声散遍水门汀地，既铿锵又玎珰，好听得很。

四十年后，我作为国家舞台艺术精品工程的评委去江西。观剧期间，领导问大家：

"明天休息一天。大家在南昌休息呢，还是想出去看看？"

我使劲儿"掸掇"去景德镇。评委赵忱和单三娅呲我："你不嫌累？没疯吧？哪来这么大精神头？！"

我在景德镇窜来逛去，终于也买到一套"福寿"扛回车上。凝望靓丽珐琅般的瓷盘碗盏，我想起当年父亲渴鹿奔泉般来到九江。他耿介的容颜闪现在天边，他心神应百般欣喜，双眸该千般烁亮了吧？想起父亲艰难的一生，我只能把心酸抑在心底。

能否继续冲过命运的湍急江流，

比舞更好看，比戏更精湛？

人生如不如戏，拭目待焉。

爱自己胜过爱他人

幽暗侧幕拥满日本芭蕾舞团的演员，他们屏息注视舞台中央一位中国演员的高难表演，不时低声惊呼。中国演员舞姿高贵，皑皑身躯如雪，妆脸白里沁红，伸腿是刚，曲臂是柔，锋芒挺峭，飘逸如魅，条件如此之好，技术无懈可击，简直璀璨夺目。上帝赐予他特殊的仁慈，成就了中国当年的芭蕾神话。

因给时任日本驻华大使中江要介的舞剧剧本《浩浩荡荡，一衣带水》作曲，我随中央芭蕾舞团一起出访东京。该剧主角是游庆国与张丹丹。当年的游庆国在台上气质矜贵，目光顾盼绵远，跳得淡墨如梦；张丹丹在台上小髻尔雅，舞得水红如烟。等张卫强——"中芭"明星中的明星出场后，真正引起了日本舞蹈界的震动。

《双人舞》柴科夫斯基，日本芭蕾舞节，1989 年

那是 1986 年。当时张卫强在日本很知名，每次出场都有大量粉丝。经中江要介大使亲自写信请求，中国文化部应允张卫强赴日本当了五年自由舞者，他几乎跳遍所有古典芭蕾男一号。自由舞者意味灵魂与艺术的高度松弛，粲然訾放。在《吉赛尔》最后，他能空中转三圈，打击六下，连续三十二次，纵逸雄浑地跳跃，每次都引发尖叫。

1986 年，我有次见张卫强在中央芭蕾舞团楼上宿舍。斑斓布艺挂满四壁，是他绚迷情漫的安乐窝。我首次见到他女友——后来成他夫人——女中音牟杰。牟杰脸色清幽，媚丽婉约，像娇贵的睡莲，似初凋的玉兰，在他温厚的怀抱里熠熠生香。

而后张卫强倏就去了日本，瞬间在中国观众眼前消失。随之他又在加拿大皇家芭蕾舞团任首席演员十年，跳遍世界各大舞台——纽约、伦敦、巴黎、首尔、雅典、布拉迪斯拉发、汉堡、多伦多、蒙特利尔、莫斯科……他与世界诸多顶级艺术家同台，在世界级大师作品中担任主角，并受到玛歌·芳婷、鲁道夫·努里耶夫、彼得·怀特、弗雷德里克·阿什顿、安东·道林、尤里·格里格洛维奇、艾丽西娅·马尔科娃的亲自指导。

有次我问他："加拿大皇家芭蕾舞团还不算世界顶级团体，

以你的综合实力，是美国芭蕾舞剧院，英国皇家芭蕾舞团，巴黎、旧金山、斯图加特、纽约城市芭蕾等世界一流大团毫无争议的主角人选。为什么选择'加皇'？"

"我在日本实现了梦想，把所有古典芭蕾剧目中的男主角跳了几遍。当时'加皇'很不错，我去时已三十二岁了。那里我是当之无愧第一号，被经纪人、'加皇'和观众宠了十年，状态奇佳，也客串到全世界演出，既满足又开心。心安即归处，对吧？跳舞若不满足不开心，那还跳啥？"

我认识张卫强三十多年，知道他到哪儿都当第一。宁为鸡首，不为牛后的性格，舞出了个人风格。上台他气场强大，一现身就吸引全场目光，观众全盯着他。加拿大报纸如此评论："张的跳跃与旋转似乎在挑战地球引力，他是从空中缓缓落下的。"——捧得无以复加。

2004年张卫强随"加皇"返回中国做告别舞台巡回演出，是该团"资深芭蕾大师"，但我和他再次聚在北京吃饭，竟是多年后了。朦胧酒态微浮澹泊的一丝洒脱，孤傲王子气质犹在，神情却让我想起武兆宁——当年"中芭"的台柱之一，"挂鞋"后英雄渐暮，像一册静卧在隅的细纹布旧书，引发探究。张卫强日子看来过得温润，"五张儿"多了仍耐看，墨影韵致依然，比老武后来的凄衰竟还是强了许多。

云烟过眼，道来无常。问及近年来蹭蹬际遇，未料他面色竟黯淡起来。"我亲自送走了牟杰……目睹亲人病赴黄泉，深感人生虚无。我想拿拼搏来的一切换回她流逝的生命，无果，很无语。深感名利、功业这一切太虚妄。年轻时我就很清楚：自己不完美，怎么跳给人看？现在我要活成自己所愿。"

他心依然在舞台：在加拿大和中国教舞蹈，当芭蕾大师，自信满满。张卫强来自上海，原籍苏州，我觉得他是能跳出大学问，亦能活出小情趣之人。作为演员他过于优秀，却非创作经世之才。几年前我曾问他为什么不当编导，他疏狂不改：

"我是完美主义者，无法忍受不完美之折磨。我爱自己胜过爱其他所有人，假如状态不佳我绝不上台。不敢说自己文化素养有多高，但创作等待被承认的焦虑与痛苦肯定把我焚毁。这不是我能控制的事。"

人贵饱学，文贵简练，乐贵源自内心，舞贵大象无形。本·史蒂文森、皮娜·鲍什、乔治·巴兰钦、罗兰·佩蒂、玛莎·格雷姆、沈伟的舞蹈作品弥漫哲学意向。皮娜·鲍什的舞蹈源于

"恐惧"——对古典审美完成一次痛苦的清算,绝望是她的艺术出口;罗兰·佩蒂的灵感来自交响乐或摇滚,乔治·巴兰钦干脆让芭蕾直接在台上展示复调思维。"旋律不重要,重要是时间分配。"——巴兰钦这样看待作为舞蹈灵魂的音乐。

这类编舞大师的音乐观、舞蹈方法与身体意识不同于古典芭蕾,超越庸常审美惰性,让世界理解人类的困难与迷惘,又让社会感知艺术家在强悍坚持。他们强大的创造力通过介质——能力无以伦比的演员释放出来。

对罗兰·佩蒂这样的编舞巨匠来说,独舞者与群舞者之间界限模糊化,对张卫强这样的演员是挑战。他太明星,理论上应有一支团队专为他打造个人表演强项,如超强的弹跳能力、亲和力极佳的人物塑造、高规格的古典芭蕾形体语言等。

优秀演员自己编舞,有时会有短板。我看过鲁道夫·努里耶夫电影版《唐·吉诃德》,他打了鸡血似的满场竞奔凸显个人能力,但舞剧乏善可陈,镜头里似乎只有努里耶夫一人在蹦。此乃悖论:观众自然是来看超级大腕的,然而结构却需要全体演员完成。

张卫强他们这茬演员很辉煌：郭培慧、唐敏、王艳平、冯英、赵明华、张若飞、游庆国、欧鹿、王才军等，但无人走编导这条"绝人之路"。作为舞者，他们已是或接近世界水平，但当编导想达到同等级别，怕要等中国整体文化水平提高才有可能。好演员就孤绝谢幕，西风独自凉，云淡老屋斜，人生总要谢幕的。

"新编舞剧有时服装难看，很难容忍，但当编导有时你不得不忍。"有次张卫强近乎幸灾乐祸地说。作为一名天嫉的斫轮演员，他也许无法忍受创作的寻觅之苦：先焦虑，继灰心，最终封尘这一念想。现在教学依然可撒豆成兵，成舞神一尊。"我去舞校教书，在芭团盯排练，是退台后人生新目标，角色切换，育人也很挑战。最重要是排练时发现新事务，起码我的哲学可继续：不完美，就别上台，哈哈。"

张卫强印象最深的是 1976 年森下洋子与清水正夫访华。目睹清水的高超技艺，激动无比，立志要超越他。日本，等到与清水正夫同台演出时，清水已感到他羡慕自己了。"励志是对每位青年舞者的基本要求，我当教师一定把这切肤所感告知他们。"

素手烹茶

跳芭蕾是最艰辛的人生戏剧。其残酷无法想象，尤其对亚洲人。我看森下洋子与清水正夫，音乐一起，满台皆辛酸：恍惚见到台上漂移的是两具日复一日隐忍、自律、刻苦、专注、高压、冰寒但激情飞溅的"幽灵"。清水跳得峭俊，有山林气，频繁托举像忍辱负重的搬运工；森下舞得灵动乖巧，布娃娃般渗出一缕暗香。我对他们充满敬佩，却无法真正激动。作为舞者，他们个人条件并不佳，修炼至无瑕，经历了多少磨难？"中芭"上一代台柱张丹丹，半路出家，完全靠刻苦打通金光烁闪的舞蹈生涯。而玛歌·芳婷、尤金娜·洛帕金娜、鲁道夫·努里耶夫、张卫强这类演员，他们的艰辛、刻苦、迷茫甚至哀伤，在台上全被艺术才华及璀璨星光屏蔽了。你想不起他们为此付出了多少，只有心旷神怡的艺术感动。我看洛帕金娜跳"老掉牙"版《天鹅湖》、疯狂的《安娜·卡列尼娜》，太震惊了，几近泪满盈眶。只有这类演员才是上帝的宠儿。

对真实的认知，有时比真实本身更真实。排练场里有银铃般清朗的笑声，化妆间里献满鲜花却像祭坛。张卫强已很"洋气"，但他形象再好，表演再出彩，由于是亚裔，一些演出仍不得不让位蓝眼睛白皮肤的舞者，而这些人实际是跳不过他的。这是张卫强心中一丝楚痛与无奈，尽管他已在世界芭坛用实力篆刻了历史性篇章。演员在台后的付出、艰辛、挣扎、泪影或惘然，台前观众是看不到的。

　　上帝不会把所有仁慈彻底宠幸给一个人。张卫强面临新一轮人生，日明星稀，不漫不溻，天上唯一月，世上唯一人。能否继续冲过命运的湍急江流，比舞更好看，比戏更精湛？人生如不如戏，拭目待焉。

千年俯仰，大浪淘沙。

进京城

胡枚导演的电影《进京城》赢得极佳口碑，令人想起京剧的百年兴衰。

影片所见，徽班进京初始也"练摊"，凭真本事绝活儿在前门大栅栏擂台上混饭。百戏"进京"就为博得皇上一声"好"，讨个重彩或重赏，梨园拼尽全力，戏中富大龙饰演的那位"爷们"，连性命都搭了进去。艺文圈历年如此，无须惊诧。士为知己者死，也算是国人的文化积淀与历史传承。

同治与光绪年间的御用戏班"同光十三绝"中，程长庚唱得圆宏庄重，他是《进京城》中人物原型。程长庚人称"大老板"，昆乱俱精，擅演鲁肃、关羽和伍子胥等人物，能演"红黄绿白黑"五色靠。从南方进京的"三庆""四喜""春台""和春"四大徽班，他掌管"三庆"，组织才能颇佳，倍受梨园尊崇。

京剧到了谭鑫培时代，完成了从草创到成熟的过渡。1890年，谭鑫培四十三岁，入选清宫内廷戏班"升平署"，享受"内廷供奉"。清末内乱外患频仍，京剧唱腔似应以气势高亢为主，所谓"时尚黄腔喊似雷"；而谭鑫培却对老生腔进行一番磨洗，慢条斯理玩味出一门"雅调"，悠扬蕴藉，不失古简。他旁搜博采，"逮着谁学谁"，其〔闪板〕〔赶板〕〔垛板〕等比程长庚等更灵动，风靡京城，有"无腔不学谭"，甚至"国之兴亡谁管得，满城争唱叫天儿"之说。

谭鑫培平日架势大，家居饮食考究，四季服饰按单夹皮棉逐日更换，白袜、套鞋、缎袍、漳绒马褂、瓜皮小帽镶珠宝玉石，手拿鼻烟壶，腰系荷包汉玉，坐双胯轿，号称"谭贝勒"，名遍九城。他不愧为曩年老角儿，机警善应，智慧过人。后来拍了中国第一部电影《定军山》，爨演得骨重神寒。

《定军山》一直是北京春节戏码的"开锣戏"，"伶界大王"谭鑫培殁后，言菊朋号称"旧谭派领袖"，余叔岩饮誉"新谭派首领"。《定军山》也是余叔岩的看家戏。余扮戏时，常带好髯口面镜默默枯坐，不出一言，未出台先境界。他曾说：

"皮黄是个活东西，深奥也如此。"余叔岩唱念讲究，阴阳平、喉五音、十三辙、上口字、收韵、三级韵、声调高矮、哑亮、宽窄都有过人之处。

余叔岩是"十三绝"中余紫云之子，属世家。演戏挥洒飘逸，唱念尖团分明，清扬潇邈。他经济条件好，不为五斗米折腰，故远离红氍毹、归隐旧京后成风靡他戏的粉丝最大遗憾。他重要之佳话是收张伯驹为徒，教张戏达二十多出，简直独一无二。张伯驹曾赋诗形容："惊人一曲空城计，直到高天尽五峰。"

京剧到"四大名旦"时步入全盛，社会的尖风急雨没有阻挡"梅程荀尚"神魂颠倒芸芸苍生的魅力。吊诡的是，京剧似有魔幻力量，社会不再冷淡诗文，疏远经史，却耽于逸乐。梅巧玲之孙梅兰芳，白皙丰美，色愈艳，姿焕发，俯仰如神，1913年即以正宫青衣与应工刀马旦精湛的一觞一咏征服了申沪。他欲笑还颦，舞姿翩然，光手势就有"含香""承露""掬云""散馥""醉红"等五十二种。梅郎拈花一微笑，环宇尘世皆满春。

尚小云成名早，嗓子佳，在四大名旦中本钱最足，武功最好，《梁红玉》是他武戏代表作。他声腔响遏行云，曾与筱翠花合作，排演《梅玉佩》《乾坤福寿镜》等传统戏。他竭全力办荣春社培养后人，张君秋就是他学生，尚长荣是他幼子。尚小云晚景凄凉，满目萧然，留世最后四字竟是"遗恨多多"。

程砚秋是王瑶卿弟子，得王瑶卿的玩意儿最多。二十岁就有人送他"艳色天下重，秋声海上来"的嵌字联。程砚秋嗓音条件不佳，属"祖师不赏饭吃的料"，嗓子全凭练习，即所谓"功夫嗓"。他在十六岁"倒仓"时，每天静吊二黄戏，唱低腔，练就一种虚音。王瑶卿根据程之嗓音，以腔就字方法制曲，形成"程腔"——"吐字真，行腔稳，归韵准"，细密峭劲，尽够戏情。程砚秋"勾、拨、扬、弹"等十种水袖方式乃绝活，在电影《荒山泪》中，他用了两百多个水袖动作。

荀慧生十三岁以"白牡丹"艺名登台，成名后代表作有《红楼二尤》《红娘》《金玉奴》《钗头凤》《杜十娘》等。他演戏妩媚活泼，与梅兰芳的从容、尚小云的刚健、程砚秋的清丽大相径庭。荀慧生自1925年始写艺术日记，四十年未间断。"荀派"弟子遍天下，有"十旦九荀"之势，童芷苓、李玉茹、孙毓敏等都是他的学生。

"四大名旦"创造了京剧史上的高峰，使男旦表演艺术炉

233

火纯青，彻底扭转了京剧以老生为主体的格局。后又评出李世芳、张君秋等"四小名旦"，新艳秋、言慧珠、孟小冬等相继出现在梨园。1949年后，杜近芳、赵燕侠、杨秋玲、关肃霜、李维康、刘长瑜、孙毓敏、刘秀荣等声名渐遐，从戏校毕业的华文漪、李炳淑、杨春霞、齐淑芳等后辈又在京昆名满天下，本文不赘述了。

京剧音乐改革自徽班进京后就一直与时俱进。马连良俏皮的唱腔与李慕良明快的琴声有关。李慕良操琴潇洒儒雅，春风满面，善于托腔保调与创新。京剧的节奏是大学问，周信芳在《清风亭》中的"摔僵尸"，和他发明的"冷锤"有关，就一声"仓！"，其余全略去，效果奇佳。我看过胡芝风演的《李慧娘》。她的舞蹈节奏与海派京剧《海港》中高志扬的念白节奏，亦高明之至。

我耳濡目染戏曲音乐始于幼年"华东六省一市戏曲会演"，二十世纪六十年代接触京剧，受益颇深。1978年来中央音乐学院上学，第一学期就去西旧帘子胡同拜访梅宅，见识何为戏曲高巅。我表姐，舞蹈家赵青曾拜筱翠花（于连泉）为师，但跷功我已无缘见识。后来在歌剧《咏别》与第五交响乐《鲁迅》中，我大幅度借鉴了戏曲音乐的紧打慢唱与起承转合方式。

歌剧《咏别》剧照

马连良与李慕良在特殊年代中翻脸，是因为形势逼人。
《进京城》中那位被逼离京城的名优，过檐不低头，傲菊秀霜
天，其实并未得罪官家，是被同行设局陷害赶走的。陈独秀在
1904年说："戏园者，实普天下之大学堂也；优伶者，实普
天下之大教师。""天下学堂"一说，饱蕴名优血泪，人生心
酸。为同行所不容，是因过于优秀。无法容忍他人比自己出色，
是某些不得志者之通病。猥琐见不得明光赤诚，才疏仇恨华芳
怒放；在志向高远者面前，卑鄙灵魂只能无地自容。将才华横

溢打入地底十八层，是古今小人之座右铭。卑鄙无耻，竟总百战百胜的。

胡适在 1961 年批评"京剧音乐简单"，是他无法见证戏曲音乐在二十世纪六十年代中后期蓬勃的改革潮流。现代题材的戏曲剧目推动了戏曲音乐改革，其中为数不少的几十个现代戏，音乐或多或少都取得了成功。

李丽芳少时随姐姐李慧芳学戏，后随程玉青、陶玉芝等人工青衣，十六岁登台，成上海天蟾逸夫舞台台柱，艺源绵邈。后参加总政文工团京剧团，又转入中国京剧院四团，支援大西北成立宁夏京剧院。李丽芳有副"用不完的嗓子"，在宁夏京剧院主演《杜鹃山》时技惊四座，后调至上海京剧院《海港》剧组饰方海珍。她行腔的花腔技术，在《海港》的重要唱段《想起党眼明心亮》中得到充分展现，被誉为"至今无人能及"。

二十世纪六七十年代现代戏确实影响大，《海港》戏中李丽芳学文件的状态，可谓高台教化，至今在电视新闻频道中依然可见。李丽芳生前最后一次演唱《忠于人民忠于党》时绝症在身，仍坚持原调演唱，最高音至 Hi B，艺术魅力丝毫未衰，嗜戏者顿足捶胸矣。

李丽芳生前最后一次演唱《忠于人民忠于党》，她从华东医院直接来演唱现场，演完再回到医院。指挥仍然是王永吉。

虽说一剧之本是戏剧成败之关键，有时不尽然。《海港》的戏今天看很难认同，但音乐却达到了板腔体音乐创作的高峰。《忠于人民忠于党》从〔反二黄慢板〕伊始，〔原板〕〔垛板〕〔摇板〕〔吟板〕〔散板〕〔流水〕一气呵成，音域宏阔，眉宇沁出黄钟大吕般的仁厚，〔摇板〕回旋跌宕，李丽芳唱出了哲人式的高远，音乐足以传世。

《海港》电影在京畿拍了两次，完成第一次后有人不满意，认为李丽芳的大长脸不适合大白光，要求导演谢晋与傅超武重新布光，下功夫重新拍好人物。从历史角度看，李丽芳这茬演员仍属幸运，她们生活清贫，谈不上什么物质报酬，但时代赋予她塑造历史性艺术形象之机缘。由于她禀赋超群，童子功再加几十年刻苦自律，完成极佳，让她傲然闪烁于历史长河的璀璨群星中。二十世纪九十年代后期我曾邀请李丽芳来京演唱弦乐钢琴五重奏伴唱《海港》，她翩然而至，谦虚敬业，待人诚恳，对艺术一丝不苟，大家风范给我留下了极深刻印象，真正是德艺双馨。

时下有些著名演员，条件不错，可不及前辈刻苦；物质条件远超前辈，但能留下来的戏或玩意儿却不多，颇值深思。才华伴随历史寂灭，甚至绝断流派一脉香烟，无法维系悠远的民族气质与精神，令人扼腕。

在重大历史变革和进程之余休言知识界，就连贩夫走卒、黎民百姓，到仁人志士、学霸巨匠、才华横溢的智者、实业家、艺术家、实践家甚至翻译家，千年俯仰，大浪淘沙，这些人前仆后继倒在苍茫大地上，用生命与心血、壮怀激烈之楚痛、遗憾甚至绝望铸造了我们民族的心灵史，令时代警醒，成就了我们这个坚韧不屈民族的今天，更让我们砥砺前行。

叶小纲

  中央音乐学院作曲系教授、博士生导师，中国当代著名作曲家、音乐教育家。现任中国人民政治协商会议全国委员会常务委员会委员、中国文学艺术界联合会副主席、中国音乐家协会主席、国际音乐理事会副主席、美国艺术与科学院院士、星海音乐学院和上海音乐学院特聘教授、乌克兰柴科夫斯基音乐学院名誉教授。首届全国宣传文化系统"四个一批"人才，享受国务院颁发的政府特殊津贴。北京现代音乐节、深圳"一带一路"国际音乐季、青岛海洋国际音乐季、粤港澳大湾区文化艺术节国际音乐季艺术总监，哈尔滨音乐比赛艺术委员会主任。

  创作包括交响乐、室内乐、歌剧、舞剧、影视音乐等多体裁的大量作品。代表作有《地平线》《最后的乐园》《大地之歌》《喜马拉雅之光》《青芒果香》《峨眉》《鲁迅》《英雄》《美丽乡村》《林泉》《羊卓雍错》《澳门新娘》《永乐》等。《玉观音》《大国崛起》等影视音乐广受好评。2008 年北京奥运会开幕式上，全球共计约有 30 亿观众欣赏由郎朗演奏、叶小纲创作的钢琴协奏曲《星光》。从 1995 年起，作品由世界著名的朔特（Schott）音乐出版公司出版和代理。

  许多作品在世界各地被众多乐团广泛演出，包括纽约爱乐乐团、费城交响乐团、底特律交响乐团、克利夫兰交响乐团、英国皇家爱乐乐团、皇家苏格兰国立交响乐团、爱尔兰国家交响乐团、新西兰交响乐团、柏林德意志交响乐团、班贝格交响乐团、慕尼黑爱乐乐团、汉堡爱乐乐团、意大利斯卡拉爱乐乐团、俄罗斯国家交响乐团、东京交响乐团、新日本爱乐交响乐团、新加坡交响乐团、香港管弦乐团、澳门交响乐团、中国爱乐乐团、中国交响乐团、上海交响乐团，以及国内外众多其他乐团。许多作品曾在香港艺术节、澳门艺术节、北京国际音乐节、"上海之春"国际音乐节、上海当代音乐周、德国萨尔州艺术节、波兰"华沙之秋"国际现代音乐节、罗马尼亚乔治·埃内斯库音乐节等众多国内外音乐节和艺术节上演出。

在美国纽约，德国柏林、萨布吕肯和慕尼黑，英国伦敦、爱丁堡和格拉斯哥，法国南特，爱尔兰都柏林，俄罗斯莫斯科，印度加尔各答，哥斯达黎加圣何塞，秘鲁利马等地分别举办《中国故事》专场音乐会，为中国当代音乐在国际上的展示和传播做出了积极的尝试，获得很大成功。

曾荣获众多国内外奖项和荣誉，包括"五个一工程"奖、"文华奖"之"文华音乐创作奖"、"中国音乐金钟奖"一等奖、第 88 届美国"古根海姆"基金会作曲大奖、第 2 届"中华艺文奖"等。电影音乐：《惊涛骇浪》获"中国电影华表奖"之"优秀电影音乐"奖，《刮痧》《太行山上》《开罗宣言》获"中国电影金鸡奖"之"最佳音乐"奖，《人约黄昏》获上海国际电影节"最佳音乐"奖。

作为全国政协常委会常务委员，多年来一直呼吁国家加大对音乐普及、提高国民素质的全国范围的美育教育投入，还提出了促进中外音乐文化交流，尤其是中德两国之间的音乐交流，以及加强国际音乐版权保护多项议案。多次在全国性会议上做重点发言，强调保护知识产权的重要意义。在大力、有效的推动下，中国对外文化交流、国际知识产权等工作得到了很大的进展。